清華物理的4018個日子

我只是個研究生

張素以——著

推薦序

阮維鑫　新竹市阮皮膚科診所院長

外地人來新竹遊覽，清華大學是必到景點。從白色優雅的正門牌樓旁進入校園，經過綠油油的大草坪、松鼠跳上跳下的林蔭大道、停滿腳踏車的小徑和湖畔，往山上走，就是冬天開滿梅花的梅園了。

在梅園和大草坪中間的半山腰上，還有一棟著名的建築物，千萬不能錯過——它就是台北一〇一大樓的建築師李祖原大師所設計的清華物理系館。清華物理系館的外觀是灰色系的，隨著時光流轉，爬滿了藤蔓，四邊有眾多的角樓、斜坡和樑柱包覆。

有些遊客盛讚大建築師的設計作品，古樸、大器又開闊，恰似物理一門，樸實無華，既基礎又重要。又有些頑皮的學生，取笑這是翻倒爬不起來、四腳朝天的烏龜，恰似物理系的學生，要掙扎很久才能研究清楚。

無論是哪種，外人看著物理館的外觀，總感難窺堂奧、「霧裡」看花，不知道裡面的學生在搞些什麼玩意兒。本書由作者張素以小姐根據自己在清華物理系唸學士、碩士及博士的經驗，以幽默風趣的口吻改寫而成，可以給大家一個一窺堂奧的機會。

其中我覺得寫得最精彩有趣的是〈小五郎的豐功偉業〉的幾個章節，充滿了青春活力及美好的師生情感。最令人不捨的是，古墓派教授的課程，給了素以莫大的課業壓力，還好之後她又重拾學習的熱忱。

本書適合好奇清華大學在做些什麼的一般民眾閱讀，也適合想了解大學生和研究生的生活的學生或學生家長閱讀。是一本情感豐沛，內容精彩的好書。請享用！

推薦序

梅賢豪　台積電研發工程師

月半文學獎　校友組　散文類首獎

頒獎人：梅疫情　校長（字月半）

得獎者：張素以　校友（物理系）

校長推薦致辭：

在場的，與遠距連線參與的各位校友，各位老師，各位同學，大家平安。

疫情嚴峻，大家被迫改變生活習慣；但改變不了的，是所有清華人的熱情。在繁重的教學、課業，與工作壓力下，本屆評選委員會特別延攬了眾多校友，針對參選作品討論，還原時空背景史實。清華生活是所有清華人的共同記憶，也是形塑他們未來社會人格中不可或缺的重要元素，也許隨著歲月與生活洗禮，這痕跡逐漸淡去，但骨子裡的驕傲與血管中奔淌的熱忱，卻已刻劃在理工立校清華人的DNA中。加之以適當的刺激，曾經的一段青澀的清華生活回憶，哪怕是學習上的挫折不適應、與師長同儕溝通的困難，或是瀕臨被當的難堪，都有可能在幾十年後轉化成一股溫馨的力量，帶領一個人或一群朋友，一起無視所有艱困，共同走過枯燥乏味抗疫的過程。

本屆散文類首獎，評審一致公認「掰」給物理系的張素以校友這部作品《我只是個研究生》，實至名歸。細讀之下，其實可以發現內容「不只是個研究生」，也是很多理工魂的人生縮影：在人生最具可塑性的美好年代，被純粹的自然知識吸引，選讀了清華物理系，經歷大師級的課堂醍醐灌頂，或各種從未見過的作業考試實驗等炮火洗禮，開啟人生新關卡（主要是「卡」）；再由身邊同儕互動經驗，開始懷疑人生、自我否定；直到內化成蛻變契機那刻，由內在的困境破繭而出，重新找到學習與研究的熱情，也重新定位自己。最重要的蛻變契機，其實不在於每天要在圖書館坐滿幾小時、要上滿所有助教演習課、要讀完所有教科書與參考書目，或是要強迫自己拿到如何理想的分數。反而，如果能在路上偶遇老師與師母，與師母聊兩句發現老師的另一面；或經由家聚與學長姐閒聊，得知一些本系外系大刀的脾氣；抑或是經由自己的觀察，找出某些老師同儕的特點，進而了解與這些同儕合作的方法；甚至是為了社團活動，犧牲實驗課或演習課；或是為了達到約會的目的，故意藉口繞道去幫學妹補習……這種種「喘息」的過程才是具有魔力的催化劑，開啟堆疊得整齊死板的大腦細胞中部分通道；一個改變，瞬間產生傳導帶，就讓靈光一閃，豁然開朗。

素以文字真摯，才情洋溢，文中時間線來回交疊，以網路世代熟悉的Web特性織網勾勒出自己在清華的生活、學習、觀察與心路歷程；就算是完全沒接觸過清華或理工科系的朋友，讀起來也完全不會吃力。全文連珠炮般的妙語獨白，絕對會像連載漫畫般地讓您等不及讀下一篇；它可以觸動正在水深火熱唸書考試的高中生到研究生脆弱無助的心靈，也可以與目前正在造成前述水深火熱情境的教授們依然年輕的內心產生共鳴。讀者可能不會知道，文中許多被當的角色的寫作原型，現在都是引領一方的學者教授，而且就因為曾經唸過清華物理系，現在每年都被要求要開大學部的普通物理課。

人生無比精彩，認真活在每個當下，總有一日你也會是大師。「所謂大學者，非謂有大樓之謂也，有大師之謂也。」許多人誤會了這句話，以為延攬師資是這句話的主要目的，其實這只對了一部份；讓大師帶領未來的大師，讓整個清華大學充滿不同年代的大師，才是辦教育的目的。「清華大學」只是藉由新竹赤土崎的這片土地，給這個理念一個具象化的空間；「大學」的意念是延伸出去的，是所有校友身體實踐的，只要有心，人人都是大師，處處都是清華大學。

希望素以的這部小說，畫龍點睛地讓您體會到這點。

癸卯年夏於新竹

註：梅疫情校長為虛構人物，月半文學獎亦為虛構瞎掰獎項。以上構想源自梅貽琦校長及月涵文學獎。

註：梅貽琦（一八八九—一九六二），字月涵，中華民國物理學家及教育家，是清華大學（含北京、新竹）歷史上任期最長的校長（一九三一—一九四八，一九五五—一九六二），清華人尊稱為「永遠的校長」。一九六三年，梅校長葬於國立清華大學校園，其墓地名為「梅園」；因音似「沒緣」，被學生列為情侶禁地。清華為興起文學創作風氣，於一九八八年設立月涵文學獎。

註：本推薦序撰文者梅賢豪為清華大學物理學士、碩士及博士，現任台積電研發工程師。此人自號月半，為什麼呢？猜猜看！

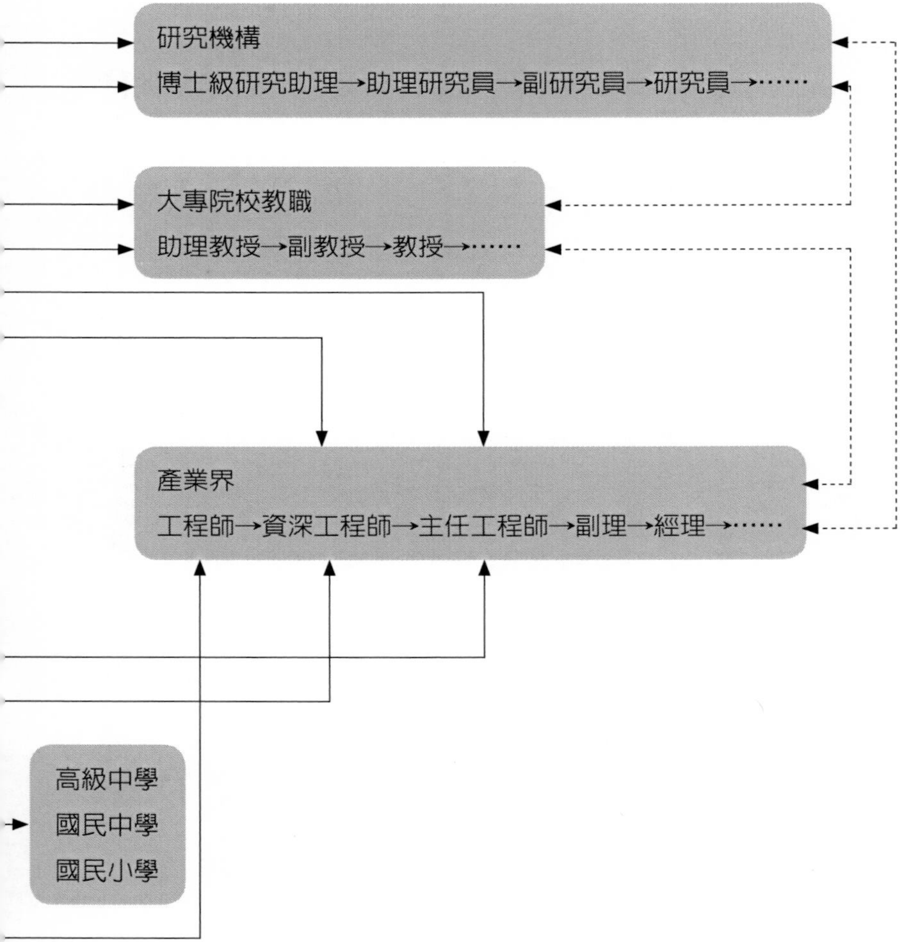
研究機構
博士級研究助理→助理研究員→副研究員→研究員→……
大專院校教職
助理教授→副教授→教授→……
產業界
工程師→資深工程師→主任工程師→副理→經理→……
高級中學
國民中學
國民小學

理工人生路線參考圖

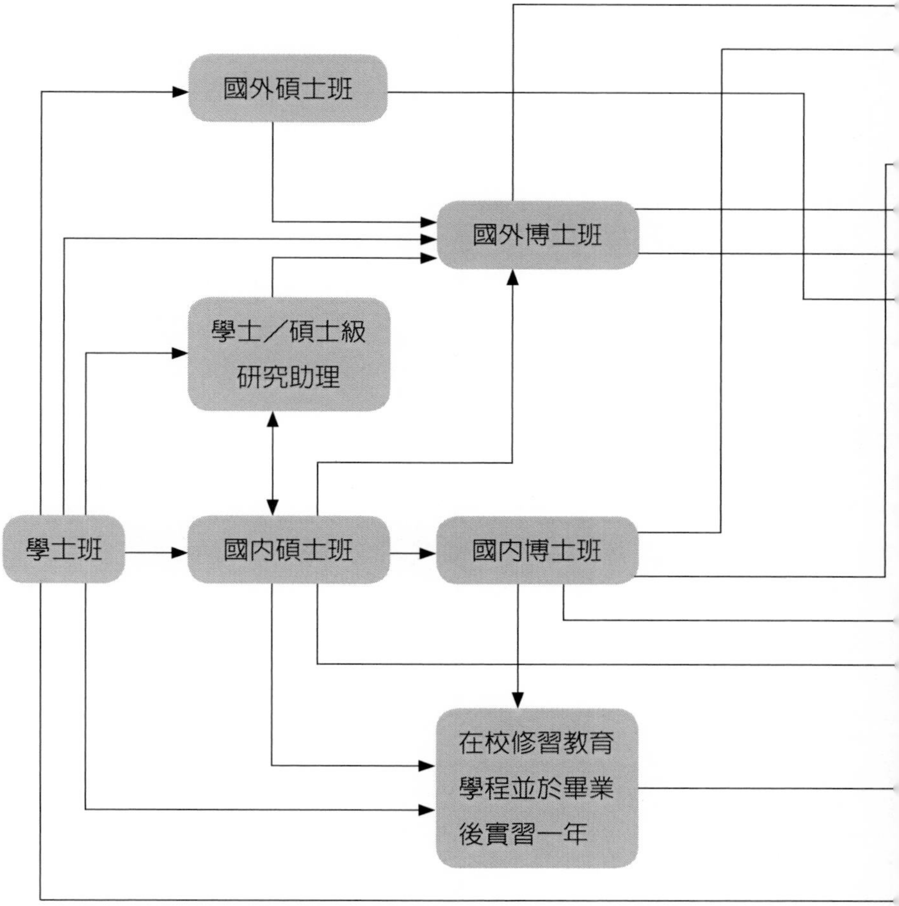
國外碩士班
國外博士班
學士／碩士級
研究助理
學士班
國內碩士班
國內博士班
在校修習教育
學程並於畢業
後實習一年

目次

楔子

我在清華物理待了整整十一年，畢業之後在新竹科學園區服務，我的青春歲月就這樣，完完全全沒有離開過新竹的光復路。

4018個日子

我在高中時決定非唸清華物理系不可。大學四年之後，我覺得沒學夠，考上研究所繼續唸，而且一路唸完博士。

話說我在新竹科學園區唸高中的時候，遇到了一位畢業自清華大學物理系的老師藍先生。因為他的教學極有魅力，我便對物理產生了濃厚的興趣。當時清華物理系開設一門給高中資優生的假日課程，我沒錄取，但是一直旁聽到高三；在此期間我也決定，非唸清華物理系不可。大學四年之後，我覺得沒學夠，考上研究所繼續唸，而且一路唸完博士。

即使不算高中的假日課程，我在清華物理也待了整整十一年。畢業之後我在新竹科學園區服務，我的青春歲月就這樣，完完全全沒有離開過新竹的光復路。大一時我因為參加社團，認識了藍先生的大學同學阿飄，那年他正值博士班五年級。我在社團和阿飄學長打打鬧鬧，回到高中母校見到藍先生時，還是畢恭畢敬稱呼「老師」，然後立正站好聽他訓話。

清華大學全體新生入學第一天，照規定必須參加由學長姐籌辦的新生訓練。在大禮堂，學長姐為新生說明選課、宿舍、社團等等相關事宜，並且教唱校歌。禮堂講台兩側各有一行小篆文字，左邊厚德載物我只認得「物」，學長姐說那是「厚德載物」，而右邊自強不息學長姐要大家猜猜看。台下一片沉默，無人敢答，因為那四個字看起來極像「自強吊龜」。*

---

* 清華大學校訓為「自強不息，厚德載物」。

天書天題與天才

物理系的課本是天書，物理系的作業是天題；但物理系的學生並非都是天才。

如果說物理系的課本是天書，那麼我們的作業就是天題。大部分的時候，我們必須等到班上的天才把作業寫出來，再借來讀、借來抄。所幸這些天才，像是帥哥同學、亂馬同學、錦文小妹，大都很慷慨，讓我們這些庸才不至於交不出作業。我們並不排斥老師給作業，因為有交作業就有基本分數，考試的壓力相對會小一些。至於，作業學會了，考試是不是就能過，那又是另一回事。

鍾教授為了避免學生抄襲作業敷衍了事，就在每次交作業的課堂上，從作業裡挑一題當作小考。評分的標準是，答案必須跟該生繳交的作業完全相同。如果有人寫作業的時候用A法解題，小考時用B法解題，零分；寫作業時該題空白，小考時靈光一現解出來了，也是零分。這種檢查法可以嘉惠一些幸運兒——寫作業時該題沒寫，小考直接交白卷，滿分。不過如果作業每題都空白，作業成績就是零分了啊！

批改作業的工作通常交給由研究生擔任的兼任助教；大學部的助教是碩士生，碩士班的助教是博士生。可想而知，大部分助教也是從抄作業一路走上來的，深知民間疾苦，所以不會苛求。但助教偶而也會有氣急敗壞的時候，像是有人為了不被發現，故意只抄第1和第3

小題，卻沒發現第3小題必須用到第2小題的答案；或者是只抄了圖卻省略了得到圖的算式。最令助教暴跳如雷的一樁是：

「你們作業都亂抄！原版是b/q，再版抄成6/9就算了；這個王煦清，大概是三版，竟然還給我約分成2/3！」

姜是老的辣

姜老師給研究題目的原則是：大學專題生給碩士生的題目，碩士生給博士生的題目，博士生呢？

研究生入學以後都要找一位論文指導教授，我的老闆姜一男教授每年都會收新生進來，卻不一定有舊生畢業。有一年我們赫然發現，老師「集滿」碩一到博七的學生。對於老師給的研究題目，多年來學長們得到一個結論：大學專題生給碩士生的題目，碩士生給博士生的題目，博士生呢？給做不出來的題目。怪不得我畢業多年後，仍不時夢到我還在學校做研究，而且實驗苦無結果。小惠學姐說她在夢中也一直沒有畢業，而且是自願的，因為覺得姜老師很偉大，對每個學生都能發自內心地喜歡和欣賞。

我所屬的光電實驗室並不在物理系館，而在靠近校門口的一座兩層樓高的舊建築——材料中心——的二樓。所謂山不在高，有仙則名，光電實驗室除了提供姜老師和電子所黃老師的學生使用，還有很多外校的學生會來借用量測系統。因為兩位老師姓姜（亦可與「薑」通用）和黃，所以光電實驗室又稱薑黃*實驗室。別人吃粽子討考場順利、靠冷凍蒜頭拚選戰，我們則是以薑黃飯當作護身符，既美味又能

* 薑黃：薑科薑黃屬植物，根莖為咖哩的主要成份之一，也用在南洋料理，嚐起來味苦而辛，帶點土味。主成分薑黃素具有醫療保健的效果。

強身健體。兩位老師大部分的學生倚賴一台氬雷射做實驗，因此每週的實驗室例行會議中，派學長都要報告氬雷射的使用狀況。最讓人印象深刻的不是「氬雷射快死了」和「氬雷射死了」，而是「氬雷射死而復生，生不如死」還有「在氬雷射裡發現一隻喇牙……」

實驗室人物簡表

光電實驗室

主持人：姜一男教授、黃教授

物理系研究生：阿如、派學長、阿毛、柯鑫嘉、阿諾、小瑞瑞、小忍忍、張素以、凱蒂、舒國乾、阿平、底迪

電子所研究生：阿賢、賈同學、學士

超導實驗室

主持人：姜一男教授、胡教授

博士後研究員：汪博士、大師兄

研究生：凌兄、小惠、阿忠、廖小伍、阿峰、小畢、小妍

研究助理：阿宏

奇葩和怪咖

製造神祕薄膜的阿毛學長、外剛內柔的柯老闆、仙風道骨的萬事通凌兄，還有把繩索當衣服穿的阿賢……

研究生除了上課以外，都會待在實驗室學習、唸書或休息，因此跟實驗室夥伴的交集比同班同學更多。而姜老師的實驗室，充滿了奇葩和怪咖，讓枯燥的研究生活得到甘霖般的滋潤。大學長阿如先生常常買點心餵養我們，冬天有季節限定的北海道草莓巧克力，夏天則有新鮮荔枝。因為荔枝的價錢會隨著上市的時間變低，我們便從100元3

斤一直吃到100元10斤。阿毛學長的杯子不使用時，底部永遠有一層光可鑑人的咖啡薄膜，而他總在下一次要喝咖啡時才捨得洗掉。除了阿毛學長本人，從來沒人見過傳說中印著阿毛學長生辰八字和提款卡密碼的杯底，也沒有人知道如何才能做出如此完美的薄膜。

柯老闆名鑫嘉，看似嚴肅其實心最軟。我準備博士班資格考的時候，他主動免除了我一切傜役，叫我專心讀書。學弟們被老師問得答不出話時，他也總是出來打圓場。有一次老師無意間發現實驗室有瓶酒，臉色大變；柯老闆看情形不妙，趕忙說那是他去旅行一時興起買的，忘了帶回家，老師才沒追究。

那是個沒有手機的年代，實驗室只有一支市內電話，無論是家人、同學、男女朋友或者是廠商，都必須透過這支電話聯絡我們。

柯老闆的未婚妻彣姐每次打電話來，都甜甜地說：「請問我們鑫嘉在不在？」有一次彣姐到大賣場採購日用品，聽到兩個妙齡少女左一句「我們鑫嘉……」右一句「我們鑫嘉……」氣得馬上用旁邊的公共電話打到實驗室，準備興師問罪。柯老闆接起話筒，那少女正好說到：「我們鑫嘉（新家）快弄好了，到時候入厝一定要把全班都請來，好好熱鬧一下！」彣姐腦袋空白了一分鐘，才紅著臉說：「鑫嘉，我們的新家什麼時候弄好？」柯老闆抓抓頭，說：「很快很快，跟姜老師實驗室的超快雷射*一樣快！」一個月後，大家就收到喜帖了。

對面的超導實驗室，由姜老師和胡教授共同主持。其中最資深的

* 超快雷射指的是飛秒雷射，一飛秒等於10^{-15}秒。飛秒雷射具有極高的瞬時功率，而且能聚焦到比頭髮的截面還要小的區域內。

學生是凌兄，他常常夾著藍白拖來我們這邊借剪刀。凌兄一付仙風道骨的身形，讓人不禁懷疑他每天只以天山雪蓮和露水果腹。此人除了沒辦法早點畢業和沒找到女朋友之外，什麼事都難不倒他；人稱「萬事通」。如果碰到派學長，凌兄總要假裝狠狠地對他飽以老拳，派學長也會配合動作，大聲哀嚎幾聲，這就是他們特有的打招呼方式。

*

電子所黃老師的學生平常在他們自己系館的研究室活動，只有在排定的時段才會過來材料中心光電實驗室使用雷射和其它儀器做實驗，阿賢同學就是其中之一。此人品貌端正但是對衣著完全無感，有一次我看到他竟然把衣服內側穿在外面，問是怎麼回事。他說：

「剛剛在裡面做實驗太熱了，我就脫了衣服；再穿當然是反的啊。」

我說，這也太誇張了，又不是小孩子。他不以為意：

「下次穿就會正回來了！」

阿賢有一件T恤已經破了幾個大洞，卻沒有被他淘汰。同在黃老師門下的賈同學看不下去，有心解救他，想了個以毒攻毒的方法，把那些破洞越扯越大；衣服經過反覆的拉扯和洗曬之後破爛不堪，像是幾條交錯的繩索，阿賢卻照穿不誤，頗有顏淵「人不堪其憂，回也不改其樂」的美德。

光電實驗室中，物理系研究生只有我一個人姓張，有一天阿毛學長卻接到要找物理系張先生的電話。

「是找張小姐吧？」阿毛學長問。

「張先生，我要找張先生。」

「我們這裡只有張小姐，沒有張先生。」阿毛學長有些不悅。

「電話號碼沒錯，我要找張先生。」

「跟你說沒有張先生了，只有張小姐！」我在中學時代一直保持赫本頭，常被取笑是男生。這樣堅決捍衛我是女兒身的，阿毛學長是第一人。

「你到底要找誰？」

「張志賢先生……」

阿賢同學把自己當成物理系研究生沒關係，但萬萬不可改了我的女兒身啊！

此外還有長得很卡通，人如其名的凱蒂學妹、思考跳痛的底迪學弟，和一言難盡的舒先生。

水果乾防曬事件

「那麼熱你為什麼穿外套啊？」

「因為我騎車，怕曬傷啊！」

「你穿了外套，為什麼還是曬傷了？」

舒國乾先生外號水果乾，是個斯文男孩；他溫和又帶幾分慵懶的神情，每每讓我聯想到迪士尼卡通裡的小毛驢。認識他一段時間以後，我發現他的一天是36小時而非24小時。所以他有時候跟大家作息相同，有時卻完全相反。有一次午餐後，他趴在桌上睡到大家都走光光。第二天我們才知道，他醒來時已經是凌晨兩點鐘。

舒國乾對食物的要求是不能有一丁點的辣，這種堅持很像茹素者堅持不能沾葷腥一樣。他不是不敢吃辣，就是不吃；他說，吃辣是虐待自己的舌頭。柯老闆和底迪學弟則是恪遵他們以前優園大學的地下校規，用餐時板凳不必坐三分之一，但是胡椒粉一定要用半罐。

舒先生畢業於西湖大學。所謂「欲把西湖比西子」，這樣的學校必定風水絕佳，才能培育出舒先生這樣的奇才。有一天我接到西大辦公室打來的電話：

「我這邊是西大，請問舒國齡先生在嗎？」舒國齡是舒國乾的舊名，我知道。

「他不在，有什麼話需要我轉達嗎？」

「是這樣的，舒國齡跟我們申請畢業證書，可是我查他這個學號8933xx，應該還沒畢業啊！」

清華大學的學號前兩碼是入學年度，中兩碼是系所代號，例如物理系大學部是03，碩士班是33，博士班是73。至於末兩碼則是流水號。

「8933xx？那是他在清華碩士班的學號吧！他現在碩一。」

「喔！……」

你用碩士的學號去申請大學的畢業證書？你怎麼不拿明朝的劍來斬清朝的官咧？

舒先生碩二的時候要報考預官，當時已經可以線上報名。舒先生上網填表，姓名、基本資料，選了考區新竹以後，滑鼠繼續往下；填完，送出。幾天後，舒先生接到考試通知，考區竟然是高雄。怎麼會呢？原來他撥滑鼠滾輪的時候，游標還留在考區的選項裡，一撥，就往南了！舒先生只好來個高雄一日遊。所謂差之毫釐，失之千里，由此可見一斑。

一個燠熱難耐的夏天正午，舒先生走進實驗室，邊脫外套和安全帽邊說：

「外面真是熱死了！」他滿頭大汗。

我說：「那麼熱你為什麼穿外套啊？」

「因為我騎車，怕曬傷啊！」

機車是研究生不可或缺的交通工具，有時候我們為了買一個螺絲或油封圈之類的小零件，要騎幾十分鐘到市區的某條小巷子裡的五金店，還可能會被狗追。

我看看他的雙臂，紅通通像是在海邊待了一下午似的。

「你穿了外套，為什麼還是曬傷了？」我比他多學兩年物理，卻解不出這題。

「太熱了啊，我只好把袖子捲起來……」

我敗給你了！

輯一　師道

「老師，我五年前就說要做這個，前途無量，可是您強烈反對。看看，人家現在得諾貝爾獎了。」

「我反對，你還是可以做啊！你為什麼不堅持呢？」

小五郎的豐功偉業

老師看起來睡著了，可是有時候似乎又比清醒的人更清醒，因此他從不承認自己睡著。

我的指導教授姜老師被學生們戲稱「小五郎」，因為他和卡通片《名偵探柯南》裡面的毛利小五郎一樣，常常坐在椅子上睡著。大概是老師平日工作太累了，體力不勝負荷，一坐下放鬆就容易閉起眼睛。頑皮的小惠學姐曾經在實驗室例行會議報告的時候準備一張胖豬睡覺的投影片，老師一睡著她就把這張投影片放上；老師被大家哄堂大笑的聲音吵醒時，她又立刻把投影片撤走。老師不知道發生了什麼事，只能瞪著朦朧的雙眼，期待有人為他解答。

物理系常常請學者專家來演講，有一次老師照例睡著，當演講結束，老師卻第一個舉手發問。講員回答的時候，老師又睡著了；但回答完畢，老師立刻開口問下一個問題。老師看起來睡著了，可是有時候似乎又比清醒的人更清醒，因此他從不承認自己睡著。當然不是每個人都有學姐那樣的勇氣和幽默感，但是上台報告時只要老師睡著，我們都會有鬆了一口氣的感覺，而且希望自己盡快講完，免得被質問。

有一次實驗室例行會議，輪到賈同學畢業口試預講。姜老師一開始就睡著了，一路睡到賈同學講完。這這這，老師完全沒聽到報告，要怎麼講評呢？所幸黃老師先開口了：「小賈你一開始太緊張了，然後如此如此、這般這般……我覺得應該要這樣這樣、那樣那樣……姜老師覺得呢？」姜老師面不改色，說：「對，你一開始太緊張了。黃老師說的都對……」不著痕跡，又過一關。

*

老師雖然熟悉每個研究生，卻常常弄錯我們的名字。他可能會對阿平說：「你去找阿平談這件事情。」憨直一點的新生會回答：「我就是阿平。」經驗豐富的舊生則會推敲：「老師說的是阿毛對嗎？」偶而我們真的不知道老師說的是誰，只好從阿拉法猜到俄梅戛*。這時

---

* 希臘字母的首字為阿拉法alpha（α或A），尾字為俄梅戛omega（ω或Ω）。語出《啟示錄》。

候老師會說：「就是那個誰啊，哎呀你們不要考我啦……」到底是誰考誰啊？

一九九八年，美籍華人崔琦因為《分數量子化的霍爾效應》得到諾貝爾物理獎；大師兄跟老師抱怨：

「老師，我五年前就說要做這個，前途無量，可是您強烈反對。看看，人家現在得諾貝爾獎了。」

老師說：「我反對，你還是可以做啊！你為什麼不堅持呢？」

一個結了婚的男人，必須接受「老婆永遠是對的。老婆如果有錯，一定是我的錯。」一個合格的學生，則必須認同「老師永遠是對的。老師如果有錯，一定是我害他犯錯。」

*

除了物理，老師最大的興趣是圍棋。他的殺伐狠勁曾獲得沈君山老先生**深深的讚賞。凌兄、柯老闆和阿毛學長不約而同也是箇中高手（以上依棋力排列）。後來進實驗室的學弟們耳濡目染之下也開始學習圍棋，使之成為本實驗室成員除了喝咖啡之外的另一共通點，實在風雅得很。我這個連五子棋都下不好的笨小孩，只好在旁邊多磨一些咖啡豆了。

某次柯老闆正在線上與對手廝殺，老師看了兩眼就強力建議：「下這裡！砍龍！」柯老闆頗為遲疑，一旁的凌兄也不置可否。但老

** 沈君山（1932-2018）：清華大學前校長、圍棋棋士、物理學家。

師表現得堅定無比，柯老闆於是乎聽從了聖旨。一子方落，老師立刻改口：「但如果砍不了龍，就輸定了……」

沒有省籍情結的教授

「你們有沒有學過向量省籍？」
全班愕然：「向量也有分省籍嗎？」

理工科系的大一學生必修普通物理。我當年的任課老師是個有濃厚鄉音、步履蹣跚、年屆退休的教授。幾年前他曾經在一個班上一口氣當掉五分之四的學生，隔年他家裡遭逢變故，從此變得極其慈悲，一次只當5人。因此我有恃無恐，找個後排座位，大大方方地在課堂上寫我的實驗報告。反正這門課的內容與高中物理相去不遠，而老師說的話又只有他的同鄉才聽得懂。

「你們有沒有學過向量省籍？」

全班愕然：「向量也有分省籍嗎？」

「向量省籍不知道啊？」

教授在黑板上慢慢寫了四個字：「向——量——乘——積」。

還好向量沒有分省籍，不然它們也會有各種口音了。

省籍教授有一種特殊能力，一眼就能算出教室內學生的人數。有一次課上到一半，他突然覺得人數不對，拿出點名單一一點名。點完以後發現無人缺席，他怒不可遏：「1到60號都到了，可是教室裡明明只有50人！是誰代人答有？我重新點一次，叫到名字的就到外面去，別想再搞鬼！」

班代連忙澄清：「老師，我們班41到50是空號，所以全班確實只有50人。」

清華大部分的教授無此特殊能力，為了省事，點名都用簽到的方式進行；物理系的教授則是幾乎不點名，只看作業和考試表現。我大一入學不久，小林同學跑來，一邊用工程字*寫他的名字一邊跟我說：「以後我沒來上課，妳就幫我這樣簽名。很簡單吧？」

他眨眨眼：「我在每堂課都安排了暗樁喔。」

果然之後我上課都沒再遇到小林，畢業典禮也沒有。聽說他有很

---

* 工程製圖時所使用的手寫字體稱為工程字，講求工整方正，一橫一豎都必須長及邊界，因此字跡不帶個人色彩，每個人寫起來都差不多。

多女朋友，所以大概每天忙著處理後宮事務，彤史一定非常精彩。我猜想，即使他領到畢業證書，上面印的也不會是他的名字。

因為沒花什麼心思在這門課，我果然上下學期總成績都剛好60分而已。很顯然我本來沒有及格，感謝省籍教授沒有省籍情結，發慈悲讓我過了。到了大四，我想要跟其他同學一樣申請直升碩士班的時候，我才後悔沒有好好上省籍教授的課。普通物理是全部物理主科裡最簡單的一門課，學分數卻最重，而我只拿60分；即使我之後在別的主科表現好，也彌補不了；而我有一些得高分的選修科目，卻不列入直升資格審查的計算。有些同學被省籍教授當掉，參加給分寬鬆的暑修課程，輕易得到高分，反倒有利於申請。實是塞翁失馬，焉知非福？但也幸好我沒能直升碩士班，為了準備入學考試才會努力唸書，把所有主科認真複習了一遍。

上課如上戰場

還沒寫到最後一個式子，教授就得意地說：「我已經做完了！」什麼？我筆記還沒抄一半呢！

並不是口齒清晰、上課內容生動的老師就能贏得全班同學的青睞。大一的微積分課，阿光教授為配合他飛快的思考速度，不得不左右開弓，刷刷刷地在黑板上用英文寫滿推導及演算。我們這些第一次唸原文書的學生，看得一頭霧水。每次還沒寫到最後一個式子，教授就得意地說：「我已經做完了！」什麼？我筆記還沒抄一半呢！上個課跟打仗一樣，元氣耗盡，狼狽不堪。

阿光教授有數學家式的潔癖，推導式子務求結果簡潔、對稱而整齊。如果在過程中遇到一些不夠美觀的「項」*，阿光教授會說：

「接下來，我要來處理這些雜碎。」

然後用幾行的「因為」和「所以」，神奇地讓這些「項」的總和恰好為零，再帥氣地予以刪去，最後終於得到令他滿意的結果。

我因為英文程度比同班同學好一些，即使數學看不懂，英文還是可以抄，半節課以後才支持不住，開始搖頭晃腦；晴子同學則是直接放棄，沒聽兩句就昏迷夢周公去了。坐在我們兩人中間的小月兒不堪其擾，連連抱怨：

* 數學中的「項」相當於語文中的「詞」。

「妳們這樣一左一右地傳遞睡眠粒子**，搞得我也神志恍惚了啦！」

寒假前阿光教授交代我們回去預習下冊一到四章。我每讀一頁原文書就耗掉一小時，最後當然是流著口水昏倒在書上。下學期快開學時，我們在校門口的人行陸橋上碰到阿光教授陪師母出來散步，他的髮型仍然是十年如一日的條碼頭。

「老師好！師母好！」

「妳們四章都讀完了嗎？」老師隨時隨地都不忘傳道、授業、解

** 基本粒子是組成物質最基本的，比原子更小的單位。20世紀前、中期的基本粒子是指質子、中子、電子、光子和各種介子。隨著實驗和理論的進展，科學家發現質子、中子、介子是由更基本的夸克和膠子所組成，同時也陸續發現一系列輕子還有規範玻色子。

惑啊！

我和晴子心虛得差點從樓梯摔下去。

「你真是的，一見面就問功課。」一旁的師母以柔克剛，為我們解圍。

大學生稱評分嚴格的教授為大刀，阿光教授更是大刀中的大刀，修他課的學生無不戰戰兢兢，猶如臨深履薄。據他自己說，有一次期末考完，師母發現，當天的日期正好是13號星期五，晚上學校放映的電影則是梅耶的《浩劫後》。

某次課上到一半，阿光教授說：

「這裡是為什麼呢？我們找個同學來回答……」

大家連忙避開老師的目光，深怕被點到。

「今天是11月17號……」

哈！班上17號是廖小伍，我是19號。

「19號！來，回答一下。」

啊？不是說今天是17號嗎？怎麼會？……

「妳說說看為什麼。」為什麼？為什麼會點到我？

「因為，因為……因為加了2……」

天！我胡言亂語了什麼啊？

阿光教授轉身寫黑板，繼續講解；小伍則乘機偷偷對我做了個鬼臉。班上32號以後的同學鬆了一口氣，至少他們被點到的機率比較小。小麥同學則是一不作二不休，下學期直接換課到別的班，讓阿光教授永遠點不到他。蟋蟀同學對此門課很有興趣，第二年還去修數學系的高等微積分。結果他發現，阿光教授在大一的課堂上就已經把高等微積分全部教給我們了！老師太盡責，而物理系的孩子也真是潛力無窮啊！

下課以後，小月兒低聲告訴我：

「妳知不知道，廖小伍整節課都在看妳？」

妳怎麼知道是整節課？難道妳整節課都在看小伍？

小月兒說小伍自大一入學第一天開始，每天從全班同學裡抽點一位，告訴他或她：「我喜歡張素以。」

但一直到大四畢業，小伍都沒有點到我。

在理工科系裡，男生的人數總是女生的數倍，但女生並不會因此有眾多的追求者。因為理工科系的女生通常個性直率、穿著隨興，行為舉止也都像數學式子推導一樣，按部就班、理性遠多於感性。能讓男生傾慕的女生應該是溫柔婉約，吳儂軟語可比「大珠小珠落玉盤」；我們卻是大大咧咧，言辭犀利可切「大豬肉、小豬肉，一盤」。加上熬夜唸書寫作業成就的一臉倦容，男同學們實在很難把我們與「硃砂痣」、「白月光」這些字眼聯想在一起。他們大多選擇往外發展，利用社團或聯誼活動結識異性朋友，也有人為了愛情刻意去修習人文社會學院的課程，以求美麗的邂逅。

活菩薩普渡眾生

活菩薩考試必定有一題「菩薩送分題」，學生即使不曾修習這門課程也能回答。

物理系有一位瘦瘦高高的教授號稱「活菩薩」，是名副其實的三板老師——上課永遠只看黑板、天花板和地板。學生有沒有在聽，甚至是有沒有來上課，都不會影響他的教學。因為他音量小，系辦公室特別為他準備了小型麥克風，免得學生以為他整節課都在喃喃自語。活菩薩教我們熱物理學，他寫黑板永遠只寫左半邊，原先我以為是某種意識形態的表徵，後來才發現是因為麥克風的線不夠長，限制了他的行動。

我曾經和惠君同學一起去活菩薩的辦公室問問題，內向害羞的活菩薩看到我們，說話都結巴了起來。我得到答案以後，惠君拉著我要走。我說：「妳的問題還沒問呢！」惠君說：「算了，我想稀飯煮焦跟熱物理學沒有太大關係，我還是回去問問我媽吧！」說到陳媽媽，那真不是個簡單人物。她此生為女兒做的最關鍵的事情就是起了個「金名」，所以陳惠君同學每年大學聯考都能同時錄取十幾個校系；不管是物理、化學、醫藥、文史、企管、國貿還是美術、音樂，樣樣都難不倒她。至於究竟如何才能分身應考，她卻始終不肯透露。

活菩薩的考試必定有一題「菩薩送分題」，學生即使不曾修習這門課程也能回答。但只靠菩薩送分並不能及格，還是得自己唸書。活菩薩的夫人任教於清華中文系，是該系有名的大刀。據說有一次活菩薩替太座送成績，順手就把不及格的分數全都改成60。系上理論組的碩士生如果努力兩年仍無研究成果，活菩薩就把一些未發表的東西轉給他們，讓他們得以畢業，真是如假包換的活菩薩啊！

物理系大部分的主科有擋修規定，例如理論力學一沒過不能修理論力學二，理論力學二沒過不能修量子物理一；以此類推，而且這些課都沒有開暑修。如果主科被當（擋）一次，就必須跟下一屆學弟妹重修；如果被當（擋）兩次，只能留大五了。所以物理系的學生盡量都要讓自己的主科過關，才好順利畢業。曾經有學生太大意，被活菩薩當了；他心想既然是菩薩，必定慈悲無比，不會絕人之路，於是鼓起勇氣去求活菩薩網開一面。活菩薩把腦海裡的佛珠撥過三圈半，才緩緩說道：

「我如果讓你過，對不起社會國家。」

從此以後每年新生進來就會被學長姐告誡：「要抱佛腳就在考前抱好抱滿，否則考後只能抱頭痛哭，連菩薩都不會救你。」

這樣，然後這樣

「你們看投影片上的公式推導。這樣，然後這樣，最後就得到這樣。」

我修習的電動力學課，每次考試只有十道是非題，而且可以帶此科目的經典之作——傑克森所著的教科書進考場。

「我可能會錯，但是傑克森一定不會錯。」這是教授的名言。

他上課不像其他教授那樣一字一句慢慢地寫黑板，而是將事先準備好的投影片放上，一張就是十幾行。至於他講的話，總離不開這幾句：

「你們看投影片上的公式推導。這樣，然後這樣，最後就得到這樣。」老師的全部投影片當然已經印成講義，開學時就發給大家了。

「要是我抄黑板，就沒辦法教這麼快了。」

「繼續下一張公式推導。這樣，然後這樣，最後就得到這樣……」

投影片死忠粉絲教授在考試結束後，會當場公布答案在黑板上，此時學生可以提出疑義。一般來說，其中有三題的答案會因為討論而更改，也就是說本來只得60分的人可能會一躍變成90分。而我，不管答案怎麼改，每次都恰恰得50分，一分不多，一分不少。是非題只有「是」與「非」兩種選擇，如果找來一群人蒙上眼睛瞎猜，他們得分的平均就會是50分。

我花了那麼多時間讀書，到底跟完全沒讀有什麼不一樣啊？

因為上課時一直陷在投影片的公式推導裡，我很少有機會去注意粉絲教授運動員級的身形和電影明星級的五官。現在回想才發現，他真是位風度翩翩的謙謙君子，學生時代一定有一大票女同學為他傾倒。而他自己說，其實他年輕時酷愛運動，並不怎麼用功。實驗課時，組友認真地邊操作儀器邊做紀錄，手忙腳亂之際，鋼筆險些從桌上滾落都顧不得；而他漫不經心袖手旁觀，連鋼筆都不曾從口袋裡取出。任課老師看到這一幕，立刻指責他的組友說：「鋼筆這麼貴，你竟然亂丟，要是摔壞了怎麼得了？你學學人家，都把鋼筆收得好好的！」

這門碩一的必修課程結束後不多久，我因為想直升博士班需要請師長寫推薦信。多方打聽之下，知道粉絲教授的推薦信特別有份量，若能得到他的推薦，猶如持有一張萬能通行證，無論申請入學或是求職都能通行無阻。我抱著姑且一試的心態，前去請問他的意願。教授看看我，嗯，沒印象；再查成績，嗯，剛好及格而已。他沒有放棄，很溫和地問我說，是否有什麼資料可以幫助他寫推薦信。我把我的研究計畫呈上，幾天後他就完成一封文情並茂的推薦信：「素以在我的課堂上表現並不突出，但我深知她的實力不只如此；她的研究計畫非常好，詳盡有條理，且富有創新概念，我極力推薦她……」真的，就是**這樣**，**然後這樣**，**最後我就得到這樣**一封強而有力的推薦信。

粉絲教授對學生真的很有大愛，他擔任系主任的時候，在系館闢了一間K書中心，還在學生研究室區設置冰箱和微波爐。學生若申請經費辦活動，他總是慷慨撥款，無人不對其感念有加。

輯二　物理人

去光水？那是啥玩意啊？好喝嗎？
能去掉可見光、紅外光還是極光？

物理人的思維

在生死交關之際，還不忘鑽研物理問題！

與前述各種課程相比，姜老師開的課完全是另外一回事。那一年他教生命科學系的普通物理，認為這班學生以後再也學不到物理，所以藉此唯一機會把所有的物理知識傾囊相授。這些學生讀得淒風苦雨，怨聲載道，在清華校園電子布告欄上發表了這樣一篇文章：

課程名稱：不普通物理
任課教師：姜一男教授
課程內容：理論力學、熱物理、電磁學、光學、量子物理、近代物理、基本粒子、相對論、固態物理、凝態物理、天文學
課程特色：四學分抵物理系四年

一九九九年台灣發生了芮氏規模七點三的九二一大地震，造成全島均感受到嚴重搖晃，共持續約一百〇二秒。根據之後的統計，共有兩千四百一十五人死亡，二十九人失蹤，一萬一千三百〇五人受傷，五萬一千七百一十一間房屋全倒以及五萬三千七百六十八間房屋半倒，是台灣自二次世界大戰之後，傷亡損失最大的自然災害。

隔天我們照常舉行實驗室的例行會議。

「昨天半夜大地震，大家都還好吧？」姜老師問。

「沒事。」

「地震還沒結束，我就用縱波和橫波*出現的時間差大概估算了一下，震央在南投一帶。」

在生死交關之際，還不忘鑽研物理問題，全世界大概只有姜老師一人吧！

地震發生後整整兩週，實驗室都處於停電的狀態。我們不能作實驗、不能用電腦處理數據和做報告，甚至沒有冷氣可以吹，也沒有電燈可供讀書。一些夥伴索性放個停電假，吆三喝五地結伴去打球，活動活

* 地震時，人們會先感覺上下搖晃，即縱波；再感覺左右搖晃，即橫波。

動筋骨，也舒緩一下平日的壓力。我不愛運動，就拿了一篇科學期刊論文坐在實驗室門口隨意翻閱。姜老師走來，看到實驗室空無一人。

「停電，什麼都不能做，他們去打球了。」我說。

老師沒說什麼，轉身走了。我才注意到他滿身大汗，衣衫盡溼。原來材料中心的辦公室和實驗室都沒有對外的窗戶，可是老師不願給自己放假，只能在悶熱的室內，藉著從門口進入的自然光，繼續工作了。

*

光電實驗室的後方緊鄰另一間實驗室，中間以一扇木門相隔。後方實驗室不時會傳來說話聲，但因為木門已經鎖死，他們都由另一道門出入，我也從未見過這些鄰居的廬山真面目。一天早上我和柯老闆同時到實驗室，打開門發現地上滿是積水，是從後方實驗室流過來的；而一條延長線的插座正泡在水裡，發出咕嘟咕嘟的聲音。柯老闆囑我退後，讓他來處理。他才剛把延長線的插座從水中拉出，我立刻聞到一股焦味。

「好險，沒事了。」

我們都鬆了一口氣。

「水被電流加熱到沸騰，所以我們剛剛聽到咕嘟咕嘟的聲音；等插座離開積水，因為少了水的冷卻，一下子溫度升得很高，就燒焦了。」柯老闆分析。

短短三秒裡面，竟然有這麼多學問啊！

「我也要唸博士！」我告訴自己。

不能說的祕密

「糟了，我要被滅口了！我知道得太多了！」

實驗室有位體重過百，頭髮花白的阿諾學長。有一天他匆匆推門進來說：

「糟了，我要被滅口了！」

眾人不解。「怎麼了？」

阿諾學長一臉賊笑：

「我剛剛經過老師辦公室，正好老師在講電話，對方大概是他的媽媽。我聽到老師說：『喂！我是大底迪啦！』……完了完了，我知道得太多了！」

據說姜老夫人當年送姜老師出國唸書時，只給他買了單程機票，這種背水一戰的嚴母精神實在可佩。兩年後底迪學弟進了實驗室，我們如果被大底迪修理，就回來找底迪算帳。沒辦法，兄債弟償嘛！對了，老師大名姜一男，他家裡是不是還有姜一女、姜二女和小底迪姜二男呀？完了完了，我也知道得太多了！阿諾學長後來因為經濟因素，沒能繼續博士班學業；而他坐了三年的椅子被凱蒂學妹使用了三個月以後就斷裂了。自此即使凱蒂天天吃薏仁飯瘦身，大家仍舊敬她三分，深怕被她強大的內力震到成功湖*去。

每週的實驗室例行會議之後，就是大家難得放鬆的時候。一條條緊繃的絃歸零，等待七天之後再度達到顛峰。這時候阿毛學長和派學長通常會來一場決戰俄羅斯電玩大戰，其他人則在一旁加油叫好，閒聊嗑牙。沒想到姜老師突然開門，打電動的、看熱鬧的、不務正業的，全都被逮個正著。大家一時手足無措，面面相覷。老師彷彿意識到了什麼，原先已到嘴邊的話硬是吞了回去：

「沒事，沒事。我只是來看一下。」

轉得真硬。幸好他很快找到了新話題：

「咦，黑板上這些正字是做什麼的？」

說真的，如果能不被波及，看學長被老師修理是一件很有趣的事。

* 清華校園內的成功湖原本是日本海軍的滅火湖，水位約到膝蓋的位置。早年有一個成為清華人的儀式，就是在進入清華的第一個生日的夜晚子時被「丟湖」或是自己從湖上的橋跳下去。坐落在湖中央的湖心亭是情侶約會的最佳選擇之一。

阿毛學長含糊帶過：「呃……只是個小遊戲。」

對，電玩遊戲。派學長和阿毛沒事就比一場決戰俄羅斯，以正字記錄勝數。每到月末，積分多的人可以任意使喚積分少的人一天。真是的，都幾歲的人了還這麼幼稚。尤其是派學長，都已經當爸爸了。

「很久以前的。」阿毛補充。

睜眼說瞎話！明明正在玩。

「是圍棋比賽嗎？」姜老師有興趣了。

「不是。」

如果是圍棋比賽還得了？得花多少時間啊？實驗都不用做了！

眾人趁老師與阿毛學長談話之際，不動聲色地恢復定位，繼續工作。

突然聽到底迪學弟失聲大叫：

「哎呀！我的那個……」

一語未畢，底迪就倉皇地衝出門外。

「怎麼了？」姜老師丈二金剛摸不著頭。

「不是忘了關閉儀器電源，就是落了東西在教室，再不然就是忘了打電話回家請媽媽匯生活費。」阿平如數家珍地向老師報告。

阿毛補充：「或者是他忘了他已經做了。」大家立刻點頭如搗蒜。

「他每天都這樣，我們都習慣了。」

第一次

「老師第一次結婚的時候也是這麼緊張嗎？」

《論語》裡說孩子見到父親要「趨庭」，我們這些研究生除了開會時不希望被老師點到名之外，聚餐的時候也很怕跟老師目光交集。大抵老師三句不離研究，學生在餐桌上一個弄不好，回家作業可能就多三樣。實驗室夥伴們參加柯老闆和彣姐的結婚喜宴時，對老師也是能避則避，避不了的只好勉強應對。小忍忍學長首先發言打破僵局：

「老師第一次結婚的時候也是這麼緊張嗎？」

在座無人不捏一把冷汗，而且師母也在場哪！所幸老師只有結過一次婚，師母微笑著說：「什麼叫做第一次呀？」巧妙化解了現場的尷尬。順帶一提，彣姐的新娘頭飾裡有一株象徵多子多孫，亦有祝福豐衣足食之意的稻穗，柯老闆說那是他在家裡地板撿到的；沒地方放，只好往她頭上插。

姜師母一年跟我們見面頂多一次，卻能叫出每個人的名字。老師和師母育有兩位才貌雙全的女兒，都在美國長大。老師有一次提到：「我的小女兒很高，大概只有阿毛（的身高）才配得上。」自此，阿毛學長就多了個封號叫做「女婿」。師母是西湖大學音樂系教授，亦擔任清華教職員合唱團的指揮，姜老師婦唱夫隨成了當然成員。那一次教職員合唱團舉辦成果發表會，除了合唱團之外，還邀請了幾位獨唱家共同演出。其中有一段獨唱冗長而平淡，令我昏昏欲睡；我不經意瞥向站在後面的合唱團，姜老師已經瞇著眼睛東搖西晃了！

今晚睡沙發吧，祝好夢……

氣味之謎

「是不是妳們女孩子用了去光水？」

去光水？那是啥玩意啊？好喝嗎？

某天姜老師走進實驗室交代了幾句之後說：

「怎麼聞到有機溶劑的味道？」

「什麼？」我和凱蒂在實驗室待了好幾個小時，就算有也已經麻木了。

實驗室的確會用到異丙醇之類的有機溶劑，但不至於多到有味道。至於那些比較毒的化學溶劑，我們會在另一間化學實驗室裡的通風櫃*使用。

姜老師問：

「還是妳們女孩子用了去光水？」

物理系的女生不追求時尚，也無暇打扮，最常穿的就是T恤配牛仔褲和運動鞋。像惠君那樣每天梳個公主頭的女生實屬罕見，而其實她只花了不到半分鐘。化妝品、指甲油對我們來說都很遙遠。去離子水**我們常用，王水***我們讀過，《忘情水》我們聽過；至於去光水，那是啥

* 通風櫃為化學實驗室的一種大型設備，以抽風機把實驗時所產生的有害氣體抽走，減少實驗者與之接觸。

** 去離子水（deionized water）：除去了呈離子形式雜質的純水。

*** 王水：由濃硝酸和濃鹽酸按體積比一比三混合而成的溶液，酸性和氧化性極強，能夠溶解金和鉑。

玩意啊？好喝嗎？能去掉可見光、紅外光還是極光？

「沒有，沒人用去光水。」

老師滿臉疑惑，正要離開，突然好像想到了什麼，又走回來：

「妳是不是有個男朋友？」

「嗯，是啊。」小伍抽點名五年，總算點到我了。

「他好像也在材料中心？」

「是啊，在老師的超導實驗室。」我忍住笑。

「是哪一位呢？」明知故問！您怎麼可能不知道是誰？

「就是……廖小伍啊。」一定要我說出來嗎？

老師點點頭，對於自己能得到第一手消息非常滿意，轉身走了。

我繼續做實驗，凱蒂則在六坪大的實驗室裡四處翻找味道的源頭，如果真有一瓶有機溶劑翻倒了，那可不太妙。

「啊！是這個啦！」凱蒂懊惱地說：

「垃圾太久沒倒，都有味道了啦！」

賢慧的凱蒂迅速把垃圾打包處理掉，我則暗自祈禱老師別再問起這件事。

愛有差等

我趕快跟進：「學長，那這題要怎麼做啊？」

「不會。」

「拜託啦……」

「真的不會。」

凱蒂大四就進了實驗室做專題研究，阿毛學長是她的師父，兩人的師生情誼篤厚。凱蒂如果有實驗或課業上的問題，阿毛學長必定赴湯蹈火，在所不辭。

「師父，可不可以教我這題？」

「這就是這個這個啊，這樣，這樣……」阿毛學長從書架上翻出一本滿是灰塵的舊書。

「這裡有寫……因為這樣這樣，所以那樣那樣……會了嗎？」

「謝謝師父！我對師父的景仰如滔滔江水，綿延不絕……」凱蒂帶著勝利女神的微笑回座位繼續唸書。有這樣強大的後盾，我看她又要拉高全班的平均分數了。

阿毛學長啜了一口咖啡，得意地闔上他的書。我趕快跟進：

「學長，那這題要怎麼做啊？」

「不會。」

「拜託啦……」

「真的不會。」

「我對學長的崇拜如黃河氾濫，一發……」

阿毛學長已經盯著電腦螢幕入定了。

「……不可收……拾……」

我不清楚自己說的到底是「收拾」還是「收屍」。柯老闆教我們，要哭就要躺在浴缸裡哭，因為看不到淚水的哭泣才是最悲悽的。

輯三　困惑

「小畢我跟你說，裡面有老鼠，把我嚇得花容失色。」

小畢白了我一眼：「花容失色？妳確定妳也算是花嗎？」

比零分更糟的分數

物理系博士班資格考分為兩科。博士生必須在兩年內通過至少一科，三年內全部通過，否則退學。

對於博士班資格考，姜老師謙虛地說，如果他沒有準備，去考也不一定能通過。我則是內心非常矛盾，一方面希望考題簡單些，才容易通過；一方面又希望考題別太簡單，以證明自己有實力，不是僥倖成為博士候選人。物理系研究生分為理論組和實驗組，理論組學生必備金頭腦，我所選的實驗組則不需要。面對同樣的資格考題目，實驗組學生要通過相對困難。學長們教給我一個秘技，就是將歷年的考古題全部學會，至少可以拿到一些分數。

等到我第一次資格考結束，跟大家提起有一道位能阱的題目我在考古題裡看過，可是我只會解一個方向的邊界條件，而題中有兩個方向，我請教過很多人，連「萬事通」凌兄都不知道該怎麼做。

「疊加。」阿毛學長突然開口了。

「什麼？」

「兩個方向疊加就好了啊，誰叫妳早不來問我。」

如果是考前聽到，我一定會大聲重述派學長對姜老師說的那句話：「聽君一席話，勝讀十年書。」

可是現在，我只覺得牙癢癢的，你還不如假裝不知道呢。

當時清華物理系博士班的資格考分為物理一和物理二兩科。資格考每年舉行一次，博士生必須在兩年內通過至少一科，三年內全部通過，否則退學。柯老闆對我期望頗高，他以為我第一年就能兩科全過。事實上我採取保守作法，只準備了一科，另一科則求個考場經驗，只因為寫對了一個公式得了1分。

姜老師在超導實驗室例行會議上提到資格考試結果出爐，小伍已經知道我的分數，想要阻止老師可是來不及，於是這個1分消息傳遍了材料中心，成為大家茶餘飯後的消遣話題；小伍遭受池魚之殃，臉上無光。早知道我應該交白卷得零分，讓老師以為我缺考或放棄就好。柯老闆知道的時候，想到他這半年是如何處處給我方便，讓我以考試為優先，氣得差點把我抓起來打一頓；我嚇得像老鼠躲貓似的，躲了他好幾天。

外文課之我的美麗與哀愁

我胡亂寫下：

「Who knows? Heaven knows!」

清華物理系的博士生除了要通過資格考，還要求英文能力認證。方法有：一、通過學校舉辦的英文能力鑑定。二、托福成績550分以上。三、修習外國語文學系課程六學分。我大一就考過學校的英文能力鑑定，只是證書不知道丟哪裡去了；至於托福，要花錢又麻煩，不予考慮。修課倒是個不錯的方法，不但可以增加文學素養，還可以和人文社會學院裡的氣質美女交流，說不定哪天就可以麻雀變鳳凰了。

我選的課之一是西洋文學概論，本以為內容既然是希臘神話故事，一定很有趣；實際去上課，卻覺得非常無聊。這古英文長篇大論艱澀難懂，所以我在課堂上直打瞌睡。考試時需分辨哪一句話出自哪一人之口，並不容易；因為對我來說，他們講的話都很像。

上課時教授先點一位同學唸該段課文，再解說。每次我半夢半醒的時候，如果聽到教授說「張素以！」就立刻正襟危坐，大聲朗讀。期中考後發考卷的時候，教授發到「張素以」的考卷，竟還有另一外系男生上前領取，原來他叫張述儀。他領了考卷以後，轉向我說：

「妳已經替我唸了好多次課文了……」

怪不得我覺得一直被點到，我想張述儀一定昏迷得比我更嚴重。

對了，幫他唸了那麼多次課文，分數可以分我一點嗎？

我選修的另一門課程是文學作品讀法。有一次教授考了一首短詩的閱讀測驗，考題中有一題問「本詩作出自何人之手？」我自嘆文學底子薄弱，除了E. B. White，我只想得到H. P. Printer和A. C. Teco還有D.D. Tee。*

在百無聊賴之際，我胡亂寫下：

「Who knows? Heaven knows!」

想不到這題竟拿了滿分。原來試卷上詩作旁邊印有「Anonymous」

* E. B. White：懷特（Elwyn Brooks White, 1899-1985），美國作家，著有《夏綠蒂的網》等作品；H. P. Printer：惠普印表機；A. C. Teco：東元冷氣機，以上兩項均為當時實驗室夥伴賴以為生的機器；D.D.T.：雙對氯苯基三氯乙烷，合成農藥和殺蟲劑。）

一字，意為「佚名」，被我歪打正著了。

一起上課的外文系小學妹對我說：

「學姐唸物理啊？好厲害喔！」

旁邊另一位秀氣的小美女接話：

「妳數學一定很好對不對？我最怕數學了，每次考試都要挨板子。唉，數學不好，人生就是黑白的……」

才怪，我從十二歲開始，每次考數學都緊張到腹痛如絞，甚至嘔吐；高中三年更是屢遭數學老師白眼。還有，妳為什麼那麼天真地以為，在那個少一分打一下的年代裡，文史考不好的學生就能全身而退？

阿毛，我真不懂你啊！

阿毛學長的答話通常沒有錯，但也絕不是正確的。

黃老師的新生學士同學連續好幾天都在固定時間來報到。阿毛學長在背後說：「名字叫學士，還跟人家唸什麼碩士，莫明其妙。」

阿毛學長挖苦人的功力可不是蓋的，而他每天練習的對象就是柯老闆。

「柯老闆，頭離我遠一點，太亮了我眼睛睜不開了。」

「裡面燈壞了，你用你的頭去照一下。」

「我去一下廁所，你用這時間數一下你有幾根頭髮。」

阿毛學長每天的例行公事有三件：一、喝咖啡。二、上BBS（電子布告欄）。三、賣球員。那是一個股票遊戲，遊戲者是虛擬球隊的老闆，可以買賣球員，而球員的身價依當時他在大聯盟的表現而定。做完這三件事以後，阿毛學長才會開始做實驗。

阿毛學長的答話通常沒有錯，但也絕不是正確的。

「現在幾點了？」

「不到三點。」

「幫我算一下38.27+25.89。」

「100以內。」

「老師呢？老師在哪裡？」

「在地球。」

柯老闆縱然跟阿毛學長是多年同學兼室友，也終於受不了了。

「素以妳幫我踹他一下！」

「來啊！誰怕誰？」阿毛學長頭也沒回。

這時候我還等什麼？有仇報仇，沒仇健身。狠狠給他踹下去，外加一句：

「沒見過有人有這種嗜好的……」

有一陣子柯老闆覺得實驗室夥伴紀律不夠，又缺乏公德心，用過的東西不歸位，害他要用的時候怎麼找都找不到，便把學弟學妹集合起來，嚴厲申斥了一番，還說：

「超導實驗室都不會這樣。你們常常看到凌兄來借剪刀，是因為他們沒有公用剪刀；我們明明有，卻被你們亂丟。」

我把這些當精神講話，以後自己小心點就是了。阿平卻非常委屈：

「我們都有遵守實驗室規則。杯子不洗、東西亂放的，只有阿毛學長一個人而已，該被罵的是他才對！」

*

凱蒂因為大四課比較少，又有心進入教育界服務，就兼了家教賺點外快。

「我那學生，國一，基本的四則運算都還有問題。」

阿毛學長正在試新買的電蚊拍，最近實驗室蚊子變多了。

「為了教他5的乘法，我一天到晚都在跟他講乖乖。1包乖乖5元，3包乖乖幾元？教了一個月。」

「那要看是奶油椰子口味的還是五香口味的。」阿毛學長拿著電蚊拍揮來揮去，打不到一隻蚊子。

「有什麼不一樣？」真令人好奇。

「五香（箱）乖乖有30包，可難算了。」果然是阿毛會說的話。

凱蒂繼續：

「好不容易他接受了3包乖乖15元。我再問他，你有15元，可以買幾包乖乖？他又卡住了！」這麼難教啊？

「真是笨得跟豬……差不多……」太委婉了，豬說不定比他還聰明。

「他媽媽準備了一支竹鞭給我，說：『打！打死算了！』」

「那妳就打啊！別跟他客氣！」

阿毛學長把電蚊拍弄得桌角椅背劈啪作響，他還不過癮：

「素以，把手伸出來！」

憑什麼？而且我們齋媽*賣的家庭號乖乖也不是5元。

「結果妳打了嗎？」我問。

凱蒂無限哀怨：

* 清華大學學生宿舍以「齋」命名，女舍有文齋、雅齋等，男舍有清齋、平齋等。女舍舍監稱為「齋媽」，男舍舍監則稱為「齋伯」或「齋爸」。有些舍監會在宿舍販售零食飲料，甚至早餐消夜，以便利住宿學生。

「千萬別跟豬打架，這只會讓你變髒，豬也不會覺得快樂。」

*

這一週輪到阿毛學長負責打掃實驗室和倒垃圾。

「地上怎麼那麼多頭髮？」阿毛邊掃邊抱怨。也不想想自己都幾天沒掃地了，頭髮能少嗎？

「這些是素以和凱蒂的頭髮，應該她們自己處理。」

我上禮拜也倒了你製造的垃圾啊。而且，同在一個屋簷下活動，憑什麼認定頭髮沒有你的份？

「這麼長的，當然是妳們的。」

你確定地上只有長的頭髮？

「短的，是妳們的瀏海。」阿毛振振有詞。

柯老闆本要開口說句公道話；可是頂上稀疏的他是唯一可以置身事外的人，想想還是算了吧。

凱蒂微慍：「師父你好壞！」

阿如學長正要推門出去，卻回頭露出一絲促狹的笑容，說：「男人不壞，女人不愛！」

幸福留給你

「waist，知道嗎？」

凱蒂毫不遲疑：「知道啊，腰。就是阿毛學長沒有的那東西。」

實驗室的例行會議中，阿毛學長開始報告：

「黃老師，各位同學，大家好！」

壞孩子！竟然漏了姜老師。

果然老師也注意到了，立刻起身走到門邊拿了一支長棍子。

「快看快看，阿毛學長完了。誰叫他沒說姜老師好，老師生氣了。」

派學長和凱蒂忍俊不禁，柯老闆也對我的觀察力佩服得五體投地。

老師把長棍子遞給阿毛學長：

「用這個指，比較清楚。」

哈，我這小人之心哪！

要是遇到姜老師出國回來，會議中總有一盒免稅糖果供大家享用，順便昭告大家該收心了！有一次老師從英國帶回來一種很特別的糖果，口感有點像麥芽糖，一咬下去，上下兩排牙齒立刻陷進糖塊裡，必須花一番功夫才能拔出，其黏性可比做牙模用的樹脂；而下一次的咬下，牙齒又再度陷入。這時我不免埋怨自己為何如此嘴饞，沒有記取剛剛牙齒被黏住的教訓。那一天大家都很安靜，心懷感激地慢慢用唾液把糖溶化，品嚐這漂洋過海來的珍稀美味。之前小忍忍學長曾不經意地說了一句：「怎麼又是糖果？」深深傷了老師的心，害得老師過了兩年才有勇氣再帶糖果回來。

台上報告完以後，老師會挨個詢問個別進度。這個時候我們不免交頭接耳，開個小型會議。

「底迪，剛去哪了？怎麼沒跟大家一起吃飯？」

「我媽說考試前一天最好吃素，所以我去風三餐聽了。莧菜加了吻仔魚，滿鮮美的。」

「吻仔魚？我沒聽錯？」我瞪大了眼睛，不是說吃素嗎？所以……？

「學姐，我知道吃吻仔魚對生態不好，可是偶爾一次沒關係吧，老闆放得也不多。」

什麼？你還想多放啊？

「太噁心了，拜託別說了。」我覺得想吐。

「對對對，別再說了，免得鮮味跑了！」大家都樂了。

「三天之內都不要開口，免得吻仔魚跑了！」阿毛語不驚人死不休。

有一天柯老闆問凱蒂說：

「雷射的waist，知道嗎？」

凱蒂毫不遲疑：「知道啊，腰。就是阿毛學長沒有的那東西。」

其實阿毛學長並不胖，只是肉的比例稍微多了一點。柯老闆說他有一次半夜餓醒，遍尋不著食物，只看到熟睡的阿毛學長一身飽滿的肉，實在很想咬幾口來充飢。阿毛學長的女朋友在答應他的求婚之後，要求他減重。這完全是為了拍美美的婚紗照，不是懲罰他求婚時排成「Marry Me!」的ＬＥＤ燈三分之一沒亮。至於女朋友究竟看上他哪一點？凱蒂和我一致認為是他有陶淵明「不為五斗米折腰」的高風亮節——不管是五斗、五百斗還是五萬斗，阿毛都沒有腰可以折啊！一連數月，阿毛學長飯量減半，而且不碰油膩不吃消夜，終於順利地拍了婚紗照。

「今天去吃漢堡王好不好，特價！」

「好啊好啊……」

「阿毛學長一起去吧！」

「我……不行……」

「不是已經拍完照了嗎？」

阿毛學長面有難色：「我女朋友說拍得不好看，下個月重拍！為了我的幸福……」

大夥兒交換一個「我懂」的眼神：

「那……幸福留給你，漢堡王我們自己去囉！」

*

有一次姜老師走進實驗室，看到凱蒂正笑得樂不可支。

「什麼事啊？」

「沒什麼，」凱蒂好不容易止住笑。「剛剛阿毛學長講了個笑話給我聽。」一定是個低級笑話，凱蒂才不好意思轉述。

「阿毛會說笑話啊？我怎麼都不知道？」

老師，您不知道的事可多了！

姜老師也曾經在例行會議上說過一個笑話，是這樣的：

「某教授熱衷研究，而他抱怨：『每次我在實驗室熬夜工作的時候，我的大老婆就認為我去了小老婆家，而小老婆則認為我待在大老婆家。』」

這是笑話嗎？

對了，姜老師每天晚上有乖乖回家嗎？

實驗室的小動物

正巧小畢學弟來上工，我像見到救星一樣。

因為建築物老舊的關係，實驗室天花板上住著一些不可愛的小動物。當然牠們可能認為，是牠們家地板下住了一些不可愛的大動物。入夜以後，牠們就開派對狂歡，追逐嬉鬧。我常常聽到牠們跌倒煞車的聲音，深怕哪一次牠們玩瘋了會煞不住車，從天花板的那塊缺口掉下來，跟我大眼瞪小眼；牠們大概也很怕見到我們，所以一直都很小心翼翼地跟我們維持樓上樓下的鄰居關係。這些小動物很懂得「敦親睦鄰」的道理，缺食物缺玩具的時候就不客氣地下樓，像取物少女一樣，以不驚擾鄰居的方式「借」走。但是牠們搬走整塊香皂實屬過分，從此樓下鄰居改用洗手乳，再也不分享了。

某天早上我第一個進化學實驗室，工作不到五分鐘便聽見背後窸窸窣窣的聲音。定睛一看，兩隻小動物沿著電線下來蹓躂了！

「啊！」我倒抽一口冷氣，飛也似地狂奔到門外，不敢踏入。

正巧小畢學弟來上工，我像見到救星一樣。

「小畢我跟你說，裡面有老鼠，把我嚇得花容失色。」

小畢白了我一眼：「花容失色？妳確定妳也算是花嗎？」

進了實驗室，女生跟男生一樣要做黑手、搬鋼瓶，巾幗不讓鬚眉；而且在材料中心我們還使用同一間公廁。但是這件事我就完全不行。

小畢進去巡視了一圈，小動物們早就探險完畢，回家睡覺了。

「我用氣場把牠們趕跑了！」小畢轉身要走。

「等等。」

「學姐還有什麼吩咐？」小畢最擅長的就是佞臣作風。

「你剛說的那是什麼話？」強敵退散，我的學姐威儀回來了。

「話……我是說花……」

小畢的眼光在實驗室旁邊的雜草雜樹叢裡掃過來掃過去，可惜沒有一朵花。

「……牽牛花！學姐是美麗的牽牛花。去牽妳的牛郎吧！」

小畢說完就溜進樓梯間，還不忘回頭補上一句：

「啊，我忘了，牛郎星*夏天才會出來，學姐慢慢等喔！」

別提了！我和小伍這個星期已經吵了三次架。牛郎和織女好不容易上了鵲橋，卻發現對方其實是「拗」郎和「枳」**女。夏天來臨之前，他們的確不想見面。

*

光電實驗室不允許任何非人類的生物存在，連那些跟生物沾上點邊的都不受我們的歡迎。某天柯老闆打開冰箱要拿飲料，赫然發現裡

* 天琴座中的織女星、天鵝座中的天津四及天鷹座中的牛郎星形成一個三角形，稱為夏季大三角，主要於夏季出現。

** 南橘北枳。《晏子春秋》：「橘生淮南則為橘，生於淮北則為枳，葉徒相似，其實味不同。」

面有幾支裝了紅色濃稠液體的試管，顯然不是西瓜汁。

「這是怎麼回事？」

「我女朋友實驗用的血液樣本，借放一下。」阿賢說。

「跟她說任選一支喝了，我就饒了她。」

超導實驗室曾經收留過一隻受傷的小文鳥和一隻流浪狗小黑。小文鳥傷好了飛走了，小黑倒是待了一陣子。有一天阿忠學長早上進實驗室，發現小黑在廢紙堆裡睡得香甜，極為光火。他認為這不是人為疏失，而是小黑蓄意留宿，因此拿報紙捲重重打了小黑幾下。小黑含冤不白，負氣離家出走了兩天。

小妍學妹抱怨阿忠學長不該如此嚴厲，學長卻說，打了小黑，他心裡也很難受。此後每晚最後離開負責鎖門的同學，必定細細檢查實驗室各個角落，徹底清場，免得學長心裡難受。阿忠學長確實是一個嚴厲的人，律人甚嚴，律己更嚴。他每天都穿襯衫配西裝褲來上工，假日則換成休閒服，數年從不間斷。對於週末要回家的學弟妹，他總是生氣地批評：「當研究生還敢週休二日？」

阿忠學長畢業後留在姜老師門下當博士後研究員。他有一間個人辦公室，裡面總是傳出交響樂的聲音，那是他紓解壓力的唯一管道。阿忠學長三餐飯後必定要到超導實驗室去刷牙，而且堅持要刷滿五分鐘。滿嘴牙膏泡泡的阿忠學長和每天穿墨綠色運動套裝的阿峰同學，並列為超導實驗室的兩大奇觀。

小伍也很妙，即使冬天寒流來襲，他都照樣穿短袖，完全無視新竹刺骨的冷風。小妍說：「學長，等你覺得冷的時候，我們都要變成超導體***了啦！」

***超導體為可以在特定溫度以下，呈現電阻為零的導體。超導體電阻轉變為零的溫度遠低於冰點。

輯四　邏輯

「《鐵達尼號》電影實在太棒了！我和同學從頭到尾都在計算，船進水多少之後船身會斷裂，船頭沒入水中的速度是多少，還有男女主角到底會被拉到多深的海裡……」

指導教授，忠告者也

指導教授的英文為advisor，意為忠告者。姜老師一定很懊惱，為何這一刻無法給我任何忠告。

小瑞瑞學長經過數年的愛情長跑，終於要步上紅毯；結婚那天，姜老師來到實驗室發現只有我一個人。

「妳知道小瑞瑞的婚宴在哪裡嗎？」

「在岩波飯店，大家都過去了。」

「妳要不要搭我的車一起去？」

「不，我還是別去……吧。」

「為什麼？」呃，我真不該讓老師有機會提問。

「我和小伍昨天……分手了……」

我的眼淚不由得噴濺了出來。可以讓我哭泣的事情不少，卻沒有一件像這樣令我心碎。當初同學們認為，廖小伍點名這麼多年都點不到我，一定沒戲唱；想不到第五年點到了，真是跌破大家的眼鏡；但是現在，那個別人背公式他背張素以的小伍，卻沒有辦法繼續面對這個名字，又一次跌破大家的眼鏡。「相愛容易相處難」，我們都太年輕，該學會的事遠比想像的多。還有，我和小伍理應賠償同學們一人兩付新眼鏡。里長伯除外，因為他視力特佳，不用戴眼鏡也看得出來我跑不動三千公尺測驗。所以在大部分的人都跑完，而我還剩一圈的時候，他就領著全班同學大喊：「素以，到了！到了！」

一個學生結婚，兩個學生分手；兩件事情同時發生，確實令人心情複雜。而且這個平常作風強硬的張素以，此時竟然哭成梨花帶雨，一副小兒女態。姜老師非常錯愕，半晌都不知道該說什麼。

「我沒事，老師趕快出發吧。」我可不能誤了新人的貴客。

姜老師離開了。指導教授的英文為advisor，意為「忠告者」。姜老師一定很懊惱，為何這一刻無法給我任何忠告。幾個月後廖小伍透過姜老師的安排，轉赴美國威州大學的相關實驗室，繼續論文研究。「對不起，祝妳幸福。」是他對我說的最後一句話。小伍成全了我，姜老師則成全了他這份心意。其實，只要兩人真誠相待，就沒有誰對不起誰；但求對得起自己，無愧於心而已。

其實你不懂我的不懂

「給我個ㄓˇ頭。」老師說。

指頭？您要哪一隻？

超導實驗室汪博士的助理阿宏來訴苦：

「我每次如果自己做了決定，就會被老闆罵：『你要先問我啊！怎麼可以自己決定？』」

是該問，不對嗎？

「可是我今天問他的意見，他比以前更生氣：『什麼都要拿來問我？你應該自己有想法，自己決定啊！』」

上意難測，家家有本難唸的經，各人自求多福吧！

碩士班學弟們面對姜老師的時候總是特別緊張。並不是學弟們資質不優，而是他們不太熟悉老師的用語。

「給我個ㄓˇ頭。」老師說。

指頭？您要哪一隻？

「白紙！」我比較有慧根，很快便能猜到。

學弟連忙遞上一張白紙，任務完成。

「你現在的bottleneck（瓶頸）在哪裡？」

巴投*什麼？我沒練柔道哇！

「老師問你覺得哪裡最難。」派學長解釋。

「喔，我覺得是這樣子……」題目懂了，才可能作答。

「今天的colloquium裡那個應用方法，你們覺得怎麼樣？」

「克隆快問」又是什麼？複製人之間的快問快答遊戲嗎？

物理系碩士班一年級必修專題演講課，即由系上延請校外講員來演講。雖然每次演講公告單上都會有colloquium（學術報告會）一字，學弟們也不見得知道這個字怎麼發音，因此在老師提問時，一臉茫然。這個時候如果直接翻譯，怕學弟們覺得沒面子。

---

* 巴投（Tomoe nage）：柔道中極具代表性的招式，目標是將對手拋起摔在身後。

「下午我去聽演講有看到你們，有沒有認真上課啊？」柯老闆提示。

演講？上課？啊！知道了，老師說的是專題演講課啦！

乖寶寶也會使壞

老師沒有問我，

他認定像我這樣的乖寶寶是不可能看漫畫的。

當時每週出刊一次的《新少年快報》，是我們這些資深少男少女不可或缺的精神糧食。姜老師常常看到，終於忍不住翻了兩頁。

「女生也看漫畫嗎？」

「嗯！」凱蒂回答。

「那妳看什麼作品？」

「《中華一番》、《醬太的壽司》，還有《金田一》。」

跟我一樣啊，我心想。

老師沒有問我，他認定像我這樣的乖寶寶是不可能看漫畫的。

不過當天晚上聚餐發生的事情讓他完全改觀。

那是一家裝飾得金碧輝煌的餐廳，一進門，映入眼簾的就是四根鏤空雕花的金屬大圓柱。

「這是古代炮烙用的刑具吧。」

壓力大的時候，我總會蹦出一些自己也想不到的思緒。

派學長和阿賢像得到指令似地衝上前去，一左一右抱著圓柱假裝痛苦地呻吟，看來他們的壓力絲毫不亞於我。等他們回過神來，發現姜老師正盯著呢。這下糗大了。

「素以說，這是炮烙用的。」

嘿！怎麼可以把我供出來？

老師意味深長地看了我一眼，彷彿是說：「妳看的一定是《破壞王》和《功夫旋風兒》。」

自此我的乖寶寶形象破壞殆盡，永無翻身之日。

我一邊思索要如何再面對老師，一邊找了個不太容易被老師注意的位子坐下。小畢已經開始幫大家倒水了，佞臣果然是佞臣。小畢教過幾年小學才回來唸研究所，所以實際年齡比我大；但是按照規矩，他還是得叫我學姐。

凌兄一個化骨綿掌打在派學長的左肩上，引來眾人討論起武俠小說裡的各種絕世武功。

「照我說，寒冰掌可能是超導體的始祖。」

「姑蘇慕容的以彼之道還施彼身，才是作用力與反作用力的最佳應用。」

「北冥神功用的是黑洞的原理吧，為什麼人身上可以做出一個黑洞啊？」

「六脈神劍最酷好不好？超距力吔！」

原來這些練家子都是物理學家啊，他們最初也曾熬夜寫報告和準備考試嗎？

「你們說的都不算什麼，我最最最想練成的，就是神功中的神功……」

阿平擺出一付少林拳架式，說：

「九九神功！」

「啊？」眾人瞪大眼睛，凱蒂和我則尷尬地顧左右而言他。

「什麼什麼功啊？」姜老師剛入座，試著加入話題。

「……」阿平突然脹紅了臉。

「九陽神功，我是要說九陽神功啦！真的！」

服務生捧來一束鮮花。

「咦？花瓶裡怎麼沒水了？」

「啊?!」

怪不得這水不冰也沒有檸檬味呢！

「浪漫」有錯嗎？

「《鐵達尼號》電影實在太棒了！我和同學從頭到尾都在計算，船進水多少之後船身會斷裂，船頭沒入水中的速度是多少……」

清華大學有個傳統，學號末四碼相同的學生形成一個「家族」，家族裡的學長姐有義務照顧同家族的學弟妹，並且會有不定期的家族聚餐。理工科女生唯一的優勢就是在剛入學時，家族學長會給予較多的關注，所以能夠更快地適應大學生活；男新生則是萬事靠自己，來年如果有幸收到學妹，就可以好好照顧一番。

在我的家族聚餐裡，大家的對話通常是這樣：

「你們XX課誰教？」

「XXX。」

「今年電磁學用哪一本課本？」

「黑色的。」

「那大三量子物理呢？」

「藍色的。」

「學物理就是要失業，知道嗎？」

「我同學女友的家人一聽說他唸物理，就強迫他們分手……」

物理系男女比例大概是四比一，我的家族等待多年，才收到我這個女生，隔了兩年又收了阿瑄學妹。依照這規則，阿瑄斷定她的下兩屆也會是女生；但阿瑄之後我們收到小新學弟，再來是小包學弟。阿瑄不認為她的推論錯了，而怪小包怎麼不是女生。即使接下來小包每次被阿瑄逮到，總要被數落一番，這個問題還是沒有解決。小包生性開朗，對阿瑄的兇悍完全無所謂；倒是夾在兩人中間的小新，嚇得連大氣都不敢喘一下，深怕哪天阿瑄心血來潮，會拿他開刀。

大學生最喜歡的餐廳是「吃到飽」，而我相信「吃到飽」餐廳最恨的，就是這些潛力無窮、不怕撐死的大學生。有一次阿瑄帶我們到她最喜歡的日式吃到飽餐廳，在大家已經十一分飽的時候，阿瑄又點了二十四份火烤冰淇淋。

「妳要吃這麼多冰淇淋啊？」確定嗎？

「這個超好吃。我幫大家點的，一人四個。」

這個推己及人也太極致了。為了不被餐廳罰錢，所有的人吃到牙齒發顫、肚腹鼓脹，一致同意把阿瑄歸入列管名單，再也不准點菜。

阿瑄對清華物理懷抱著比我更深的憧憬，曾立誓「生做清華物理人，死為清華物理鬼」。到了大三下學期，她驚覺此物理並非她心中的彼物理，毅然決然在所有主科的期末考都交了白卷，然後退學考插班。半年後她從藝術學院捎來訊息說：

「以前在清華唸書，覺得清華什麼都不好；現在離開了清華，才知道原來清華什麼都好！」

我回覆她：「滿目山河空念遠，不如憐取眼前人。務自珍重。」

電影《鐵達尼號》上映的時候，李奧納多・狄卡皮歐和凱特・溫絲蕾不知賺了多少人的眼淚和鈔票，而小包學弟也興高采烈地在聚餐時分享他看此片的心得：

「這部電影實在太棒了！我和同學從頭到尾都在計算，船進水多少之後船身會斷裂，船頭沒入水中的速度是多少，還有男女主角到底會被拉到多深的海裡……」

我想他的織女星到後年夏天也不會出現。

*

晴子同學的家族學長功力高強，不但因為學業成績全班第一，年年獲頒書卷獎，還能撥空教晴子功課。日子久了，兩人的關係開始有些微妙的變化。學長帥氣的眉眼、自信的言談，還有手指不經意的碰觸，都令晴子內心小鹿亂撞。有一天晴子終於鼓起勇氣，用可愛的華康少女體寫了一個心臟線*的方程式，裝笨地問學長說：

「學長，這是什麼啊？」

她期待學長臉色發窘，用微微顫抖的右手畫下一顆愛心，最好多加一支邱比特的箭，或者是那致命的三個字……學長書卷獎不是領假的，瞄了方程式一眼就明白，立刻大手一揮巴了晴子的頭。晴子感覺天旋地轉，耳邊傳來的聲音卻異常清晰：

* 心臟線：$\rho(\theta)=2r(1-\cos\theta)$，圖形為一顆心臟。

「白癡！這心臟線啊！這都不會？來，這本，還有這本，拿回去讀，明天考妳。」

浪曼？寫錯字了！應該是「費」曼**或「黎」曼***。

$\rho(\theta)=2r(1-\cos\theta)$

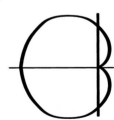

** 費曼（Richard Phillips Feynman, 1918-1988）：美國物理學家。

*** 黎曼（Georg Friedrich Bernhard Riemann, 1826-1866）：德國數學家。

哪裡聰明？

「說什麼笨手笨腳？人家欣欣鋼琴彈得可好了！」

「彈鋼琴只要手指頭聰明就好了啊！」

欣欣學姐是她班上的書卷獎得主，但是她的實驗課組友中洲學長卻對她很不滿意。

「這麼簡單的實驗都做不好，笨手笨腳的！」

任課的巫教授和欣欣學姐同為音樂愛好者，忍不住為她抱不平：

「說什麼笨手笨腳？人家欣欣鋼琴彈得可好了！」

中洲學長想也沒想：

「彈鋼琴只要手指頭聰明就好了啊！」

巫教授和欣欣學姐為了這句話，之後每年在物理系音樂會演出時，必找中洲學長負責翻譜，看看他的手指頭夠不夠聰明。即使巫教授的譜只有兩頁，也要拉中洲學長上台把譜照順序放好。我想如果巫教授哪天要吃核桃，中洲學長可能就要徒手剝核桃殼了。

當然中洲學長也不是省油的燈，他早就買通音樂會主持人，故意把巫教授要演唱的雲南民歌《姑娘生來愛唱歌》誤唸為《老娘生來愛唱歌》，惹得台下哄堂大笑。欣欣學姐後來轉到音樂系繼續領書卷獎，還在德國拿到博士，為物理系的奇人異事再添一樁。

輯五　難題

這些字放在一起是什麼意思？
這題為什麼要這樣做，不能那樣做？
這個「因為」為什麼可以得到那個「所以」？
無解！全都無解！

生命中不能承受之情

巫教授臉上的線條跟她說話的語氣一樣，不見絲毫柔和，她也從不回應在路上跟她打招呼問好的學生。

巫教授是系上少數的女性教授之一，她總是穿著一件舊棉T配一條皺皺的舊棉長褲，清湯掛麵的長髮則用一條黑色髮圈鬆鬆地紮個馬尾。她的打扮樸素得像一位家庭主婦，臉上的線條卻跟她說話的語氣一樣，不見絲毫柔和。她從不回應在路上跟她打招呼問好的學生，不知道是因為她腦海正在進行複雜的演算，還是她覺得這些學生不夠可愛，不值一哂。所以龍貓哥評論，巫教授的背影甚美，但是看到她的正面會跌倒。大概正是因為龍貓哥上課的時候忍不住跌倒，才會讓教授惱羞成怒，把他從教室轟出去。

巫教授教我們大二理論力學課的時候，抱怨因為多了重修的學生，使得整班的修課人數太多。

「閻羅王硬是要塞給我這些小鬼。」

那些不幸重修的學長姐們，是被去年開課的嚴教授當掉的。

「修我的課來不來上課都沒關係，但是點名三次不到的人，期末不予調分。」

物理系的教授通常不是依照學生的程度，設計一張剛好可以得到鐘形分布，且平均落在70的試卷；而是依照自己的想法和心情，或許還要參考當時的氣溫和月相，天馬行空地出題，看看能不能從參與考試的學生裡，發現一個像高斯*那樣的優秀天才。

高我兩屆的阿正學長說，某老教授考試一向出四道題，只要能做出一道題就過關。可想而知，若非天才，考出來的原始成績都不會太高；有時候，考個40分就覺得飄飄然了。所以如果期末不能調分，跟直接當掉其實相差無幾。每位物理系的教授自有一套調分的絕技，能讓大部分的學生到達60分的及格門檻，又不會讓少數天才的成績破表，還要讓每個不同得分的學生看得出彼此的差異。

巫教授如果上課一開始發了講義，就會把剩下的放在門邊的地

* 高斯（Carl Friedrich Gauss, 1777-1855）：德國人，有「數學王子」之美稱。求學時導師每天給高斯三道題目做練習，有一次他交作業時自責地表示，第三題竟然花了一整個通宵。導師一看大驚：「我拿錯題目了，那是我自己要做的研究啊！」

上，然後驕傲地丟下一句：

「遲到的同學只好對我俯伏敬拜了！」

我從來沒有上過像巫教授這樣的課，她常常第三段講了一半又跳回第一段，接下來則繼續第五段；我連筆記都不知道從何做起。下課時我嫉妒地看著天才同學上前問問題，而我只能默默地回家自己啃書。

不過巫教授始終自我感覺良好，上課時不乏穿插一些只有她自己懂的笑話。當課堂上全班到齊的時候，她會說：

「你們這班還滿識貨的嘛。」

錯了！不是識貨，是識相。

「巫教授在家一定常常打小孩。」小月兒推論。

我已心灰意冷。如果她再多二十歲，成了婆字輩，我們就可以名正言順地尊稱她為巫婆婆了。

據聞女性若要立足於科學界，強勢是必備條件。但是同樣身為女教授，人家梁奶奶就超級和藹可親，發考卷的時候還會刻意把寫了分數的那一面朝下，以維護學生的隱私。有一次上課前，我走到講台前準備問梁奶奶一些問題。她一手把板擦藏到身後，一手對我搖了搖：「不用了，謝謝！黑板老師自己會擦。」我一時難為情得說不出話來。佛印說：「心中有佛，人人皆佛。」的確一點不假。那麼巫教授看我們都不順眼，是因為她心裡有什麼呢？期末我們照例要填寫教學意見回饋給每科的任課教師，小月兒毫不猶豫地寫下：

「作業太多，考試太難，老師太兇，笑話不好笑！」

巫教授因為從事放射線的研究，常常必須親自搬動磚塊，因此她自詡女陶侃。教授的實驗室位於學校邊陲隱密處，人稱古墓派，所以她是小龍女，而她的弟子們就是過兒1、2、3、4號了。我一直很想知道古墓派實驗室裡有沒有一間放了寒冰床的祕密休息室，還有每週的實驗室例行會議上，學生們是不是以「姑姑好！過兒本週的進度是……」開始報告。無奈古墓派地點實在神祕，我在清華待了十一年都沒能一窺究竟。

這門本來就難的科目，加上任課老師令我無法接受的刻薄作風，讓我產生了嚴重的學習障礙。課本上每一個字我都看得懂，可是它們放在一起是什麼意思？這題為什麼要這樣做，不能那樣做？這個「因為」為什麼可以得到那個「所以」？無解！無解！全都無解！

下課時我嘆了一口氣：「好累啊！」

蟋蟀同學反問：「那妳剛剛上課時間怎麼不睡？」

我沒你那麼瀟灑好嗎？對了，你的作業怎麼還不交？你不是昨天就跟我拿了作業版本嗎？

「好累，我不想抄！」

也太懶了，午餐要不要我幫你吃啊？

學期末成績出來，全班三分之一過關，三分之一死當，另外三分之一必須補考。而我就屬於最不幸的一群，別人都放假了我們還得繼續唸書，跪在老師的舊棉長褲底下，哀求她高抬貴手。而且這一門課設有擋修，有沒有過的差別可大了！

乾脆讓奴才死了吧！

娘娘，您就別費力折磨了，乾脆讓奴才死了吧！巫教授如果聽到我的懇求，一定會說：「如妳所願，折磨至死！」

到了下學期，我力求鹹魚翻身，索性連演習課都乖乖參加。物理系所有的主科都會搭配每週一次的演習課，由助教任課，需要的學生可以在演習課和助教討論問題。但是，讀得好的學生不需要助教幫忙，讀得不好的學生助教也不見得幫得上忙，所以參加演習課的學生寥寥無幾。我去演習課不是為了討論，因為我什麼都不懂，怎麼有東西可以討論？我只是去看看別的同學問什麼問題，藉機學一下。事不從人願，我努力到期中考之後，還是被導師約談了。

清華大學部每八名學生配有一名導師，導師的功能類似監護人，不到關鍵時刻不太有存在感。系上不成文的規定是導師必須拿導師費來請導生吃飯，藉此關心一下導生的學習和生活。巫教授自然也有擔任導師，但她向來直接買便當發給導生，不會跟他們多談。我的導師很巧就是我後來的論文指導教授姜老師，每學期必辦聚餐，噓寒問暖一番。

「巫教授說妳期中考表現不好，如果不積極補救，期末可能過不了。」

「我已經盡我所能，再無它法了！」我語帶哽咽，這真是我大學四年裡的最低潮。兩天後姜老師告訴我，他跟巫教授談過了，巫教授確實知道我的努力，因為助教說演習課我從未缺席。看在這份上，巫教授決定特別開恩，無論我學期成績如何，都允准我參加補考。不過我沒使用到這份恩典，期末成績公告時，我仍屬於那悲慘的三分之一！

娘娘，您就別費力折磨了，乾脆讓奴才死了吧！巫教授如果聽到我的懇求，一定會微微抬起下頷，用她銳利的眼神看著我，說：「如妳所願，折磨至死！」另一位深受折磨的同學就是蟋蟀。巫教授告訴他，不必，也不能補考；但一定要交齊本學期所有的作業，否則直接當掉。

在這門課總是輕易拔得頭籌的亂馬同學，在公告成績當天下午，邊聽同學做專題報告邊把期末考題的解法詳詳細細寫了一份給我。靠著這場及時雨，我過了求學生涯裡艱苦的一關。補考時我有感而發，在答題紙最後一頁填了一闋詞：

聲聲慢　　張素以

尋尋覓覓，冷冷清清，悽悽慘慘戚戚。
期末考試時候，最難複習。
三杯兩盞淡酒，怎敵他、鬱卒至極？
沒過咆，真傷心，卻是意料中事。
滿地書本堆積。看不懂，如今有誰能求？
手拿筆兒，直到印堂發黑。

同學更兼室友，頭很昏、淚水滴滴。

這分數，怎一個唉字了得！*

負責監考的助教看了搖搖頭。

「學妹，沒這麼嚴重吧？」

白天不懂夜的黑。我不想多作解釋。

為此我一度覺得自己入錯了科系，不勝唏噓。直到研究所時我修了此門課程的進階課程，還拿到高分，我才知道原來我跨不過去的不

* 李清照〈聲聲慢〉原詞：尋尋覓覓，冷冷清清，淒淒慘慘戚戚。乍暖還寒時候，最難將息。三杯兩盞淡酒，怎敵他、晚來風急？雁過也，正傷心，卻是舊時相識。滿地黃花堆積。憔悴損，如今有誰堪摘？守著窗兒，獨自怎生得黑？梧桐更兼細雨，到黃昏、點點滴滴。這次第，怎一個愁字了得！

是課程本身，而是授課的人。

幾年後的某一天中午，我在水木餐廳端著餐盤打菜時，恰好碰到亂馬。

「跟妳介紹一下，這位是巫教授的姪女，今年大一。」

我一個踉蹌，手上的清炒豆苗差點跌進了紅燒牛肉的菜盤。

畢業後我與同學們憶及此事時，每次都有人說，其實巫教授是刀子口、豆腐心，我還是不以為然。後來聽說煦清雖然沒有達到標準，卻偷偷參加補考，巫教授竟讓他過了。隆哥的招數更絕，他逆向思考，故意讓一堆通識課程被當，然後拿著成績單哀求巫教授，說若無神蹟，他就要被學校二一退學。巫教授優雅轉身成觀世音，淨瓶甘露水輕輕一灑，原本的40分瞬間變為60分，隆哥也就順利留下來跟大家做同學，繼續霧裡尋尋覓覓，不時悽悽慘慘戚戚了。

也許巫教授的偽裝能力堪稱世界第一，而我完全被她冷酷的狼皮震懾住。老實古意的伊羅同學沒能補考，早就邊嘆氣邊收拾書包回家。多年後伊羅成了名教授，並且擔任課程委員會會長。他上任的第一件事就是明文規定，補考之前人人平等，不得設立門檻。學生們感恩戴德，再也不敢嘲笑他是「不及閣大學士」。

轉捩點

大熊教授的講課引人入勝，前兩排的座位往往在上課二十分鐘前就被好學的學生占滿，簡直像熱門演唱會要搶搖滾區一樣。

大三的量子物理課對我來說意義非凡，如果不是這門課重新燃起我對物理的熱情，我一定不會唸研究所。量子物理每週三節課，分別安排在週二兩節和週五一節。我的物理貴人大熊教授算了算時間，把它改成每次各90分鐘，從8點20到9點50，中間不下課。大熊教授認為這樣的時間分配有助於教學，而且晚一點上課可以讓大家的早餐時間寬裕些。他上課總是捧著一疊厚厚的講義，教授透露，一小時的課程他準備起來也要花費一個小時。

學期一開始我們必須購買原文教科書，大熊教授說：

「需要開收據跟家裡拿錢的同學可以找我。」

「如果要我多寫一點金額，也可以。」他補充。

班代小冬向書商買來教科書放在他自己的宿舍，預備第二天上課時發給同學；沒想到當晚整疊教科書不翼而飛。不知是何方雅賊，不偷錢，偷書。可是有誰會知道小冬房間裡有這麼多昂貴的進口精裝本教科書呢？

大熊教授在課堂上宣布：

「如果是哪位同學拿了，請你怎麼拿走就怎麼放回去，我不追究。」

無奈那些書始終沒有回去，而教授竟然自掏腰包，把款項補上了。全班同學感激涕零，整年上課無人缺席；連上學期被當的阿沖同學，下學期都還乖乖來旁聽，甚至一起考試。大熊教授擔心有學生睡過頭錯過考試，於是在監考時默默點數，確定人數正確才放心。但他改完考卷以後發現，人數沒錯是因為小林同學缺考，而阿沖偷考，只好自嘆人算不如天算。畢業以後阿沖在學術研究方面非常傑出，他的論文甚至被刊登於《自然》*期刊，實是本系之光。阿沖因為太專注研究，對當前流行的事物都很陌生，甚至不會用臉書和line通訊軟體，就

*《自然（Nature）》是世界上最早的科學期刊之一，也是全世界最權威的學術期刊之一。在許多科學研究領域中，每年最重要、最先進的研究結果是在《自然》中以短文章的形式發表的。

差沒把手機拿去微波**而已。

大熊教授在課堂上的講解精闢詳盡，引人入勝。前兩排的座位往往在上課二十分鐘前就被好學的學生占滿，簡直像熱門演唱會要搶搖滾區一樣。當然，也有部分原因是大熊教授的板書字體偏小，坐在前排比較容易抄筆記。大熊教授為了簡便，自創了一些英文縮寫，像是particle縮寫成ple，between縮寫成betn，旁人看到我們的筆記，還以為這些是什麼通關密語呢。

量子物理中有個名詞叫做「位勢壘」，意思是位能的門檻。現實生活中，如果腳抬得夠高，可以越過門檻；類似於此，如果微觀粒子

** 偉大的科學家牛頓（Isaac Newton, 1643-1727）曾經因為太專注研究，錯把手錶當作雞蛋放進鍋子裡煮。

的能量夠高，就可以越過位勢壘。然而，粒子可能有「穿隧效應」的量子行為，亦即，儘管位勢壘的高度大於粒子的總能量，粒子仍能穿越此位勢壘。說白話一點，就是明明能量只有40，卻可以做出能量60的工作；這在古典力學中是不可能發生的。

大熊教授講解此效應時，說：

「你撞牆，就會有一定的機率跑到隔壁的房間。」

他一邊說，一邊作勢往牆上撞去；全班哈哈大笑，印象深刻。

那一年秋天將盡的時候，小冬因為試圖在相思湖***義勇救人，

***相思湖位於清華校園後方梅園的山腳下，景色優美而靜謐，且保留了自然生態，猶如一處世外桃源。

自己也不幸溺斃。****小冬的喪禮上滿是教育部長及各層高官致贈的輓聯，備極哀榮；學校更在相思湖畔為他立了一座紀念碑。其實這些都不能安慰生者，我們只想要小冬能回來和我們一起上課，哪怕只有一天都好。大熊教授知道我們心裡悲痛，主動將期中考延後一週。重修的學長姐們未能及時被通知，依照原訂時間到了考場才發現白跑一趟，也沒有一句責怪我們的話。同學們以物理系的名義向社會大眾募款，希望能稍稍幫助小冬的家人，但冬爸冬媽堅持讓愛心傳播，左手收下款項，右手就轉捐給公益團體了。

下學期開學不久，梅子學長跟教授說，他和另一位同學今年已經

**** 若遇人溺水，非專業人士萬不可貿然下水，只能以救生圈或長竹竿搭救；其實當時相思湖附近有長竹竿，而救生圈則在此憾事之後齊備。

大四，即將面臨研究所入學考，希望教授能把下半冊盡量教完，好讓他們趕得上準備考物理系碩士班。大熊教授欣然同意，從此一週上課四小時，預定入學考之後再把時間還給我們，改成只上兩小時。兩位學長順利通過入學考之後，大熊教授依舊抱著他那一疊厚厚的講義：

「真抱歉，我教不完。我們還是一週上三小時吧！」

老師果然比學生還認真哪！

期中和期末考之後，大熊教授會約談成績不好的學生，問他們是不是有什麼困難。大四的小綸學姐已經很努力，上課全勤、作業也按時繳交；只是考運太差，沒能及格，看來要留大五，已經考上的資工系碩士班也泡湯了。大熊教授惻隱之心一動，立馬讓她穿隧通過，並祝願她日後找到自己的路。小綸學姐最後拿到資工博士，在學校作育英才之時，總是師法大熊教授的恩威並濟，使學生如沐春風。

這門課的筆記我寫得特別起勁，因為老師講課我聽得懂，板書又整齊有條理。里長伯總愛一下課就順走我的筆記去影印，其他的同學又向里長伯借去印，《素以筆記》便漸漸傳開，人手一本。當然，我最忠實的粉絲還是里長伯，他連我的筆記封面都影印了。

下學期末我經歷人生首次失戀，無心讀書，筆記跟好不容易蓄長的頭髮一起，越發雜亂無章。《素以筆記》愛用者受此拖累，期末全都吃了大餅，而我也集滿大學以來第五個60分。迦得同學特別把我拉到一旁，語重心長地說：「妳要好好讀書啦！妳知不知道，大熊教授問我們幾個為什麼考不好，我們的理由都是『錯愛素以筆記』！」唉呀，人家又不是故意的。而且，你是不是該先付我一點潤筆費？

無巧不成書，我首次失戀的對象是龍貓哥的室友兼死黨，而廖小伍是龍貓哥的家族學弟；我覺得我前世一定殺了龍貓三次以上，今世才要這樣受他折磨。

研究所有進階課程量子力學，別的同學叫苦連天的時候，曾受教於大熊教授的學生們卻能輕鬆應對，猶如倒吃甘蔗，越嚼越甜。

不合理的投資報酬率

表定每週四小時的實驗課，實際上會花掉我們八到十二小時，而學分數呢？很抱歉，只有一學分。

實驗課也是物理系學生的重頭戲。理工科大一學生都要修習普通物理實驗，但是物理系的普通物理實驗課和其它系大大不同；就好像同樣一句訓勉的話，一般父母可能只說一兩次，而岳飛的母親卻要用針刺在他的背上一樣。表定每週四小時的普通物理實驗課，實際上會花掉我們八到十二小時，而學分數呢？很抱歉，只有一學分。

實驗課前要寫預習報告；實驗做完，數據稍微整理以後，要通過助教的認可才可以離開。一週之後則要詳細地整理數據、作圖、探討實驗誤差原因，並且回答實驗手冊上的問題等等，做一份完整的書面報告。

那一次我們要做金屬比熱的測定。

「月兒，我晚上有社團演出，我們今天一定要早點出去。」

我跟小月兒搭檔了半年多，上學期我們兩人的實驗課成績極為出色，人稱實驗雙姝。

實驗的步驟是把加熱至攝氏100度的金屬塊放進室溫的水裡進行熱平衡，由金屬和水分別的質量、初溫和末溫去計算金屬比熱。看起來並不複雜，我們很順利地做完三種不同的金屬的量測，並且依照規定，重複多次實驗再求平均。

差不多該結束走人了。我一邊看錶一邊算數據，嗯？怎麼不太對啊？

社團裡同系的小玉學姐來探班：

「我跟妳說，數據不通過的話，趕快看看哪裡要改進，然後重做一次。」

我才不要呢。不重做、不重修是我在大學四年的最高指導原則。

果然，助教逸超學長一看到數據就皺起了眉頭：

「妳們最後得到的比熱數值怎麼會這樣……」學長把我們的數據從頭看到尾，又從尾看到頭。這組平常表現都很不錯啊。

「實驗中熱量散失太多了吧？妳們有把金屬塊『迅速』放進水裡嗎？」學長伸出雙手各兩支手指頭在空中畫了個雙引號，強調『迅速』二字。

「老師上課有說，金屬塊必須『慢慢』浸入水中，以免水花濺出。」我像唸經一般地轉述。

「看！我可是完全照著指示進行實驗的喔！」我拿出打辯論賽的氣魄。

逸超學長無話可說，放我走了。

「妳回去的報告給我好好討論。」

「遵命！」

本來就要討論的嘛。而且我有普通物理課四小時可以寫，沒問題的。等到報告改完發回，我看到逸超學長用雋秀的字體給的分數，就知道我又化險為夷了。

期末壓軸的氫原子光譜實驗，必須在拉上遮光布簾、伸手不見五指的室內進行，一直做到外面和裡面一樣黑為止。逸超學長也陪我們到半夜，沒有多領薪水。

「這不對吧？應該是藍色。」檢查數據時，學長又不滿意了。

「我看到的是綠色。」我堅持。

學長覺得好氣又好笑：「妳是色盲啊？」他拿出一支藍筆。「像這支有沒有？藍——色。」

筆誰沒有？我拿出一支綠筆：

「我看到的明明就是這樣，綠——色。」

實驗已經結束，死無對證，除非重做。

「回去好好寫報告解釋。」逸超學長也想回家了。

我果然洋洋灑灑寫了一大篇討論，並由實驗所得資料，計算出此光的波長是500奈米，正好位於綠光的波長範圍——495至570奈米之間。

「波長500奈米，所以是綠色；我沒有色盲。」

實驗不以結果論英雄；學期結束，我的實驗課成績依然名列前茅。即使只有一學分，我滿足了！逸超學長後來從英國深造回來，任教於重陽大學光電系。我偶然在網路上遇到他，問他是否記得我。他說：

「當然，妳是我見過做實驗最認真、報告寫得最厚，但是又最會狡辯的學生；還有，妳是色盲！」

根據理論，氫原子光譜中有四條譜線為可見光，波長分別是410、434、486及656奈米。而綠光的波長範圍為495至570奈米；也就是說，譜線根本不可能是綠色，應該是藍色才對。那麼，到底出了什麼問題呢？

班上有對麻吉——仙履（仙女）奇緣，又稱黑白無常；仙女皮膚細白，長相斯文秀氣，而奇緣膚色黝黑，一臉粗獷。兩人感情如膠似漆，成天焦不離孟、孟不離焦；更絕的是，奇緣的學號竟然就是仙女當年參加大學聯考的准考證號碼！我回想實驗當天，這兩位仁兄好像在旁邊講了一些成人笑話。難道，原本的藍色加了黃色，就變成綠色？但，這不是美術課啊！*

---

* 色彩學中，藍黃相混為綠色；光學中，藍黃相混為白色。

光明頂論「賤」

只要接近四點鐘，于伯伯就會大喊：

「那個賤人呢？怎麼還沒送點心來？等一下要打斷他的腿！」

大二以後有各種實驗課程，我和小月兒永遠是最佳拍檔。兩人合作無間，打遍班上無敵手。當時數據都以工程用電子計算機計算，作圖則是徒手繪製在方眼箋上，用電腦處理資料的方式還不普遍。任課的師教授最常對我說的兩句話，一是「妳們的作圖比電腦畫的還漂亮。」另一則是「妳的咳嗽怎麼還沒好？每個禮拜上課都在咳，是百日咳嗎？」大家都知道「感冒用斯斯，咳嗽用斯斯」，我每個禮拜來看「師師」又不是「斯斯」，當然好不了啊！

月兒和我通常會先做前置作業，決定實驗進行的方式，然後一人操作一人記錄。一個段落以後，我們確認這樣進行沒問題，就改成一人操作兼記錄，同時另一人整理數據作圖；這樣的合作方式讓我們的實驗做得又快又好。和大一那年唯一不同的是，月兒有了男朋友簡同學，使她在實驗課更加春風得意。

簡易任先生，綽號「賤人」，班上活寶一個。他曾在普通化學實驗課裡把實驗藥品放進嘴裡嚐味道，還硬塞一口給隔壁的同學，理由是那些白色顆粒看起來像食鹽。簡易任對食物的接受度不是普通地高。有一次他重感冒，惠君自告奮勇送了一大鍋雜燴粥給他吃，讓他感動得熱淚盈眶。當簡易任發現粥有半鍋是焦的，眼淚終於掉下來，配著忘了加鹽的粥，滿懷感激地吃得一口不剩。之後班上只要有人想請病假，都知道該找誰幫忙了。至於到底是因為簡易任生病，惠君才煮粥；還是因為惠君把粥煮焦，才給簡易任吃？兩位當事人一個說忘了，一個說不敢想起來。他們都曾就讀私立光敏中小學十二年，堪稱「光敏寶寶」；畢業時可領「惠我良多」精美獎狀一幀。兩人從小學同班到大學，無論相貌、才情都很匹配；一直沒擦出火花，反而先焦了，真是令人遺憾哪！對了，惠君說那鍋粥「喔伊細」，意思是「好吃」還是「給他死」？

穿著打扮普通的簡易任，其實是一家化學原料廠的小開。他家的

「簡仁氣體」在台中潭子加工區已有十年歷史，無論市場景氣如何低靡，始終屹立不搖。唯一令他們困擾的是，總是招聘不到能夠長期任職的總機小姐。這也不能怪年輕人草莓族抗壓性差，實在是因為每天重複：「賤人您好！」或者是：「您好！我賤人！」這樣的工作不是招人唾罵就是唾罵自己，沒有一個人能淡然處之。在物理系家族裡，高簡易任一屆的是紀延男學長，兩人相「賤」恨晚，天天上光明頂*比「賤」切磋。

簡易任總會在下午四點鐘左右，送點心來實驗室慰勞女朋友。熱騰騰剛出爐的點心香氣四溢，不過裡面的鹽不是從普化實驗室來的，就是由簡易任的相思之淚精製而成，所以大家一向只敢遠遠觀之。幾

---

* 光明頂：清華校園相思湖附近的小平台，為十八尖山東麓最高點。

次以後，連實驗室管理員于伯伯都注意到了，只要接近四點鐘，于伯伯就會大喊：

「那個賤人呢？怎麼還沒送點心來？等一下要打斷他的腿！」

因為小月兒是個超級醋罈子，我一直沒敢跟簡易任多說話，連他託我幫他縫開了襠的褲子，都得瞞著小月兒。多年之後，我才「賤賤」發覺，簡易任不但正直善良，而且心思縝密。真後悔當初沒搶點心來吃，每次都只能摸摸肚子吞口水。

輯六　挑戰

每一位物理系的教授都是天才中的天才，所以很容易高估學生的能力；學生們則是戒慎恐懼，竭盡所能地努力不被老師發現自己腦殘。

當天才老師遇到笨學生

「老師，請問公式推導的第三步驟是怎麼做的？」

教授臉色一沉：

「我無法理解為什麼你會想不通，所以我沒有辦法回答你。」

我身為姜老師的研究生，其實只修過一門他開的課，就是研究所的固態物理一。我修這門課的時候柯老闆也跑去旁聽，他說：「隔幾年重聽一次又有新的收穫。」上課我當然一句都聽不懂，只好回家拚命讀。每天讀、每天讀，讀到交作業的前一天，終於可以看得懂題目，然後熬夜寫作業。

「這個現象，是因為電子有什麼特性？」姜老師在課堂上問。

電子的特性就是它有質量還有電荷。沒人回答，我來試試看。

「因為電子有質量。」

老師很有技巧地接話：

「說是電子有質量，也不能算錯；不過更正確地說，是電子有電荷。」

唉，二選一的問題我從來就沒成功過，怪不得買彩券總是摃龜。

到了期末，老師偶然提起：

「你們每週在這門課花多少時間啊？」

我低頭默算，每天讀一個晚上，寫作業要一整個通霄，加起來是……

「有沒有每週兩小時啊？」

每週兩小時？每天都不只了好嗎?!

「喔，原來兩小時都不到啊……」姜老師自己回答。

修這門課太辛苦的消息不脛而走，而下學期的固態物理二不是必修或必選修*，結果選課人數不足五人，停開。接下來幾年的固態物理由別的教授授課，再之後，系上只開設此課程的先修課程，即大學部的固態物理導論。我真慶幸自己有搭上末班車。

* 大學和研究所課程分為必修、必選修和選修三種。必修課程表示該系學生都要修習，必選修則要從規定的四門或三門課中任選兩門修習。

事實上，每一位物理系的教授都是天才中的天才，所以很容易高估學生的能力。鍾教授很受不了學生上課時一片靜默，總是說：

「你們聽不懂要問啊！怎麼不問呢？」

終於有學生怯怯地舉了手：

「老師，請問剛剛公式推導的第三步驟是怎麼做的？」

教授臉色一沉：

「這位同學，我想了很久，還是無法理解為什麼你會想不通，所以我沒有辦法回答你。」

「……」

學生們得到一個哲理：寧可被嫌棄口拙，也不能被發現腦殘。

跟我一起修習固態物理的小妍學妹在學期中出車禍受了傷，不良於行，只好回家休養。當時她唸碩二，希望至少能把課修完，來年便可專心做論文研究。我也不知道哪來的古道熱腸，每週末參加台北的社團活動後，便繞到她的家裡教她功課，偶而順路會會我失聯多年、正在平安醫院見習的好友阿盈先生。

小妍的媽媽總是大顯廚藝，備好豐盛的晚餐讓我們享用，餐桌上我則絮絮叨叨地告訴小妍，最近我和阿盈又談了些什麼。學期末小妍終於康復，能回校上課和參加期末考。在我們共同努力下，小妍順利過關，身為小老師的我拿到高分，還被助教誇獎作業寫得最用心；阿盈則從好友升格成為男友。

孺子可教也

「最後一排同學，拿到考卷了嗎？」
考卷？全班精神一振。

清華物理系的教授們向來醉心研究，汲汲致仕者甚少；但是行政不能沒人打理，只好大家輪流當系主任。普通物理實驗課後來都由博士生任教，是為兼任講師。博士生研究工作繁忙，兼任講師薪水也不高，所以缺人教課的時候，系主任就要把自己的研究生推出來充數。姜老師擔任系主任的第一年，我唸博三，理所當然地被徵召去當講師。

我的學生是化工系一年級的孩子，助教則是我碩一時的同學鄭世芳。鄭同學是個高大挺拔的帥哥，寫得一手遒勁有力的好字。我碩士唸了一年後直升博士班，他則因為多修教育學程，讀到碩四，所以和我形成這個有點尷尬的教學組合。第一次上課，我特別穿了件酒紅色襯衫和新買的長褲，希望自己看起來更像老師。我和世芳在教室等了十分鐘，才見化工系班代匆匆進門。

「教授……」世芳的外表比我老成持重許多，班代會弄錯也是情有可原。

世芳指指我：「她才是老師。」

班代轉向我，一愣。這個小妹妹是老師？

「我們班正在比新生盃，能不能晚半小時上課？」

「比什麼？」我問。

「壘球。」

「好，要贏喔！」老師絕不會無條件答應你們延後上課。

班代三步併作兩步走了。半小時後全班學生魚貫進入教室，一半學生恭恭敬敬地稱我「教授」，另一半則稱我是「助教」。

「壘球賽贏了嗎？」我禮貌性地問候一下。

「贏了！」

「很好，老師沒有白等。」

我把投影片一放，開始自我介紹：

「各位同學大家好！我是普通物理實驗課的任課教師，我的名字是張素以。」

我如果不說清楚，他們可能以為我叫鄭世芳，畢竟那個名字更女性化。

「我是物理系兼任講師，你們叫我老師就可以了。」

「不要叫我教授，會折壽！」

講師上一級是助教授，再上一級是副教授，最上面才是教授，我可不敢妄稱。

剛剛那一半學生竊笑。我挑了挑眉：

「更不要叫我助教，會扣分。」這才是重點。

交代完畢，我可以上課了。

「最後一排同學，拿到考卷了嗎？」

考卷？全班精神一振。

「沒有，沒拿到。」後排學生回答，同時緊張地往前排張望。

「我們也沒拿到。」前排學生也急著反映。

「我知道，因為我沒發。我只是想知道最後一排同學聽不聽得到我說話。」

當老師蠻好玩的嘛，我暗忖。

教到一個段落以後。

「你們想要今天小考還是下週？」

「下週。」通常這種時候不會有爭議。

「好，我們下週小考。」

我補充：「是你們自己說要考的喔！」

這群可愛的孩子被我「盡心教育」了一年，時而歡呼雀躍，時而哭笑不得。最後一次上課，班代雙手奉上一個小紙袋，說是全班同學送給我的禮物。上面寫著：

剛正不**阿**執法嚴，
笑臉盈**盈**如家姐。
師生同**喜**聚一堂，
時時欣**歡**認真學。
敬妳愛**妳**勤實驗，
願吾班**ㄛ**趴無缺！

我樂得眉開眼笑，心想我的教學必定相當成功，才有如此殊榮。

但我總覺得這字跡有些眼熟，待我細細查看之後，發現其實這是阿盈寫的嵌字詩。每行的第四個字連起來是……

好哇！竟敢聯合起來戲弄我。

看來這班學生已經盡得我的真傳了。

當我們無法同在一起

到底是我不可愛讓他討厭我，還是因為他討厭我，所以我在他面前就可愛不起來，是我研究生涯裡一個始終未解的謎。

姜老師的光電實驗室行之有年，但是他給我的題目《以光子晶體原理製作光波導管元件》卻是一個從零開始的研究。我們這個光波導管組，一開始只有材料系李教授的學生民義學長和我兩個研究生。民義學長選了一本光波導管的入門書，每週的例行會議上他和我便輪流報告其中內容。每次輪到我報告的那一週，我只能捨棄其他課本，專心讀我被分配到的一章，不免覺得負荷沉重。

不知道為什麼，我和民義學長的頻率一直不太合。到底是我不可愛讓他討厭我，還是因為他討厭我，所以我在他面前就可愛不起來，是我研究生涯裡一個始終未解的謎。第一次見民義學長的時候，他命我去讀《真空技術》一書：

「把書讀完了再來找我，不然我跟妳說什麼妳都聽不懂。」

我乖乖讀完了。

「今天教妳旋鍍。」

旋鍍的做法很簡單：先固定晶片，將特定液體滴在晶片上，然後啟動旋鍍機讓晶片以高速旋轉，使液體均勻鋪平。旋鍍之後，把晶片放進烤箱裡烘烤。

「這些樣本交給妳做。」

民義學長說完，就招呼他實驗室的學弟妹一起去吃午餐。

「學長，帶你新學妹一起去啊！」

民義學長沒有答腔，走了。

我心想，午餐晚點吃沒關係，趁著實驗機台沒有別人來搶，我可以盡量用。可惜那一批樣本全都失敗，旋鍍好的薄膜一經烘烤就四分五裂，不忍卒睹。

「我們找一天再約個時間討論。」民義學長吃飽回來了。

找一天再約？現在不能約嗎？

小玫同學來的那天，民義學長就像變了個人似的，談笑風生。

「給妳看我女朋友的照片。」民義學長翻出皮夾。

原來你有女朋友啊？怎麼從沒聽你說過呢？

「哇！好漂亮，跟學長很速配喔！」小玟真的比我可愛多了。

「讓妳猜猜，我老爸是做什麼的？」學長的話匣子打開了。

「這要怎麼猜啊？」小玟歪著頭說。

「提示：跟我的名字有關係。」

「民義……伯父該不會是民意代表、立法委員吧？」

「錯了！民義的典故是《三民主義》。我老爸是高階軍官，一生忠黨愛國。……我跟妳說，我小時候是書法冠軍喔！」

哼！我小時候還是演講冠軍哩，可怎麼老是和你說不上話呢？

「重」要的實驗

實驗需要氮氣、氧氣等，每次用完了就得搬一瓶新的換上。

我學的第一個大型機台是電漿化學氣相沉積。簡單來說，就是將某些特定氣體通入反應室，經過化學反應後，沉積在基材上成為固體的薄膜。看似簡單的原理，實際上操作機台時有上百個步驟。如果想做五分鐘的沉積，從開機、準備工作、實際沉積、清洗，到最後關機的時間大約是五小時，中間有少數幾個十分鐘左右的等待時段，可以容我跑回自己的實驗室休息一下。後來我也懶得這樣跑來跑去，乾脆拿本書，邊等邊讀。

等到我使用電子束微影系統的時候，由於等待時間過長，我又已經沒有課要修，不需要唸書和交作業，於是我在無塵室*裡讀完了一系列金庸小說，和幾部莎士比亞劇作的中譯本。

化學氣相沉積這項實驗中最費力的要數搬鋼瓶了。因為實驗需要氮氣、氧氣等，每次用完了就得搬一瓶新的換上。所謂「搬」並不是把高一米多的鋼瓶「扛」起來，而是將瓶身稍微傾斜，用「滾」的方式移動。滾動鋼瓶的時候必須小心撐住鋼瓶的上半部，否則滾不好，鋼瓶倒在地上，那可真的要耗盡吃奶的力氣「扛」起來了。

---

* 無塵室（或稱潔淨室）依潔淨程度分為各種等級。較高等級的無塵室不容許一般紙張進入，必須改用長纖維、不易發塵的無塵紙。

每次實驗前，實驗者要用扳手轉開鋼瓶的氣閥；結束後則必須關閉，以免氣體逸漏。和我共用鋼瓶的都是男性，常常順手就把氣閥鎖得太緊。此實驗室同時間不會有第二人，我不可能求助，只好拿支超大榔頭來，利用槓桿原理和不發達的肌肉，本著黛玉葬花**的心情狠狠敲開氣閥。

** 《紅樓夢》中，林黛玉體弱多病，但為了惜花憐花，可以扛起花鋤葬花。

何不食肉糜？

「這還不容易？趁著薄膜還沒完全凝固的時候，拿把梳子一插，不就是空氣柱陣列了嗎？」

「光子晶體」這個名詞聽起來很深奧，我們卻可以用一種非常簡單的方法領略它的原理。在某一材料內，置入另一材料的圓柱體陣列；利用兩種材料的折射率、陣列的週期、圓柱體的大小，可以阻止特定波長的光通過此材料。接下來，把這些圓柱體移除一些，亦即在陣列中製造缺陷，可想而知，剛剛不能通過的光就變成可以通過。

用個現實生活中的比喻來說，水不能通過水泥塊，但如果在水泥塊中挖一條小道，水就會沿此小道流過，所以我希望水怎麼樣流動，就挖怎麼樣的小道。光子晶體元件正是如此，我希望光怎樣通過，就製造怎樣的缺陷，因為此「缺陷」正是光唯一可以存在的地方，就像前述的水泥塊中，水只能在「小道」裡存在一樣。圓柱體可以是空氣柱，也就是說，只要在特定材料上鑽一堆規則排列的洞，就可能作成光子晶體。

當然，要實際做出一個光子晶體元件，還是有相當高的難度。我們希望用來導光的是膜，所以這層膜要夠厚，才能導光。再來，圓柱體的半徑必須控制得剛好，也不能一頭大一頭小。除此之外，我們特別選用了壓電材料鋯鈦酸鉛（PZT）。希望藉由操縱電壓來改變材料的折射率，讓元件的設計可以更多樣化。

當我們實驗屢屢失敗，或是想法卡住的時候，老師們總是施展出四兩撥千金的解套神技，讓我們寧願再卡住久一點。

「鍍膜沒辦法加厚？那就不要用旋鍍嘛；做個模子，把溶液直接倒進去，要多厚有多厚。」這是李教授的想法。

姜老師更妙：

「要做空氣柱陣列還不容易？趁著薄膜還沒完全凝固的時候，拿把梳子一插，不就是空氣柱陣列了嗎？」

「誰說一定要正經八百地畫圓呢？把聚焦電子束調成稍微一點點失焦，原本的一個點就變成一個圓啦！」

有時候我真懷疑這些教授們做的是童話故事構思的研究。

我不知道姜老師如果陪師母看電影，會不會為劇中悲情的主角掬一把同情之淚。但是我聽過，當柯老闆跟老師提及「XX同學的實驗因為天災毀於一旦，他都快哭出來了！」老師的反應是：「那他到底哭出來沒有？」雖然如此，姜老師從未設定某個目標，命令學生必須達成。

李教授的碩士生小維學弟來自馬來西亞，學業成績特優。他說話的口音很像金鐘影帝李銘順，但他的第二專長不是演戲，而是製作電腦動畫。小維進入研究所以後，夜以繼日地苦讀及實驗。有一次會議上他整理最近三個月的實驗成果，說：

「根據研究結果顯示，膜厚住一多（最多）只能到一百奈米。」

李教授說：「但是我要一千奈米。」

「老師，這絕度一（絕對）不可能啊！」

李教授好像完全沒有聽到小維說的話：

「我說中文，你聽不懂嗎？」他放慢速度：「我，要，一千奈米。」小維臉色變得鐵青，幾乎要爆炸。

輯七　幽谷

乖乖按照規矩做實驗不見得就有好結果。我縱然洗刷了罪名，半途而廢的樣品還是必須重新配製！

老師任重而道遠

柯老闆想到更大筆的：

「凌兄一直專心研究，沒有時間找女朋友，也是老師的責任。」

「素以，妳把妳做的東西完整做一份PowerPoint（微軟投影片軟體）報告，下禮拜講給XX教授聽。」有一天姜老師突然交給我這份工作。那是我第一次使用微軟投影片軟體，要處理的資料很多，我對軟體又不熟悉，一個禮拜操勞下來，我患了腕隧道症。因為疼痛難當，我只好跑去醫院看診，還訂製了一對手腕手肘固定器，睡覺時戴著，以幫助症狀緩解。腕隧道症或稱「滑鼠手」，通常發生在需重複手腕動作的人身上，女性又比男性多3到10倍。根據考證，耶穌被釘十字架時，釘子是從手腕的橈骨與尺骨之間穿過，所以腕隧道症又有「釘死之痛」之稱。

「老師應該幫我付醫藥費，因為他要我做這個報告。」

凱蒂心有戚戚：

「我做實驗的時候牛仔褲被儀器勾破了，我希望老師能幫我買一件新的。」

柯老闆想到更大筆的：

「凌兄一直專心研究，沒有時間找女朋友，也是老師的責任。」

不過我覺得我還是比水果乾幸運一些。

姜老師曾經要水果乾準備一些資料，整理後作成報告，三天後讓他帶去系務會議使用。水果乾馬不停蹄、焚膏繼晷，終於及時完成，不辱使命。

老師沒有讓奄奄一息的水果乾回去補眠：

「我來不及看你寫的報告，你幫我上台吧！」

世芳說他唸化學系的女朋友有兩大妙招：

一、配製化學藥品一定要用全新的瓶子。

二、人越辣，實驗儀器就越聽話。

從此我每次做重要實驗的前一晚，都要去消夜街*吃一碗紅油抄手，希望自己夠辣。無奈不同的機台似乎各有各的品味，「辣」不見得有用。我只好從消夜街頭試到街尾，酸的、甜的、苦的、臭的、冰的、烤的、炸的、滷的……。直到畢業，我沒有歸納出食物與機台的對應關係，倒是了解了它們與體重增加的關聯性。

* 清華消夜街即為清華校門口對面的建功一路附近一帶，有各種平價美食，是清華和陽明交通大學學生晚餐和消夜的最佳選擇。

徒勞只因程咬金

學姐嚴肅地說：「妳的樣品被Dr.城堯金沒收了。」傳言金城堯教授是愛新覺羅的後裔……

乖乖按照規矩做實驗不見得就有好結果。

我一向最怕化學藥品，尤其是強酸強鹼；但是為了準備實驗所需的溶液，我鼓起勇氣戴上厚厚的抗腐蝕手套，在通風櫃裡按步驟配製。完成之後必須在盛裝溶液的瓶內投入一顆膠囊大小的攪拌子，然後放在加熱板上自動攪拌24小時。我一口氣配製了兩瓶參數不同的溶液。這間實驗室的加熱板都被占滿了，於是我拿到金城堯教授的無塵室去加熱攪拌，並且在旁邊留了字條，註明日期和使用人。24小時後，我換上第二瓶加熱攪拌，日期也修改了。

第三天早上，實驗室管理員小喜學姐問我：

「妳是不是在無塵室用了加熱板？」

「是啊！我正要進去……」

學姐嚴肅地打斷我：「妳的樣品被Dr.金沒收了。」傳言金城堯教授是愛新覺羅的後裔，但有更多人說，他是金城武的遠親。

「啊？為什麼？我不能用加熱板嗎？」

「Dr.城堯金說，妳的樣品放了兩天都不管。而且正好是假日，無塵室裡沒什麼人，萬一出事了怎麼辦？」

「我寫了日期，我沒有放兩天不管啊！」

原來金教授連續兩天看到我的樣品，誤以為是同一瓶，並沒有注意到日期改了。我縱然洗刷了罪名，半途而廢的樣品還是必須重新配製！

此刻的我像茱麗葉一樣惆悵，大嘆：「城堯金，城堯金，為何你是城堯（咬）金？」

難眠灰髮生

印度交換學生用他怪腔怪調的英文安慰我說：「這種師情難眠灰髮生。（Somedimes **id** ha**bb**ens.）」

某次在和李教授的每週例行會議上，姜老師對我的報告很不滿意。「妳說了那麼多，結論到底是什麼？」老師一反常態地火氣頗大。新加入的柴教授出言緩頰：「應該是前面說的那樣吧？對不對？」「是，或不是？」姜老師一急起來，說話就咄咄逼人。

「我覺得不能用二分法來回答這個問題。因為還有很多不確定的地方。」

「為什麼不能確定？」火上加了油。是因為他覺得我讓他面子掛不住？

我還沒來得及回答，炸藥已然引爆。

「為什麼，不做，報告？」

老師幾乎跳了起來，用三倍的音量和速度指著我吼道：

「妳的手是幹什麼用的?!」

我的手，是用來得腕隧道症的，不是嗎？

整間會議室頓時鴉雀無聲，我的臉一定紅到耳根了。

其實我哭點極低。大一時我和同學一起去修程式語言的時候，因為作業被退了件，我心裡委屈，下課後就躲進女廁痛哭一場。等我收乾眼淚走出來，尷尬地發現蟋蟀和里長伯守在門外。

「助教為難妳了，是嗎？」他們還真是情義相挺，能等我這麼久。

「也沒有啦。」

我不好意思告訴他們，其實助教只是說，這門課學的是C++，而我作業裡使用的語法是C，不符要求。

但我已經不是新鮮人了。面對姜老師、李教授、柴教授、民義學長、小維學弟和印度交換學生的這一刻，我深呼吸一口氣，硬是沒讓眼淚掉下來；而逃離現場的做法，也僅止於在腦海中一遍遍地推演。

「我會盡快整理出來，向老師詳細說明。」

老師停止了斥責，我默默地收拾投影片，換其他學生上台報告。

會後，印度交換學生用他怪腔怪調的英文安慰我說：

「這種師情難眠灰髮生。（Somedimes id habbens.）」

「真是嘔死我了！」我心有不甘地回到實驗室。當研究生這麼多年，每週我參加兩個組的例行會議，也從沒見過類似的情況。賈同學每日吃齋唸佛、打坐參禪，遇到黃老師非理性的對待時，也會氣得大聲說：

「我真的好想一拳揍扁我老闆！」

我不曾吃齋打坐，但儒家思想告訴我：君子動口不動手。

「我下次一定要對他拍桌子、罵髒話！」

我從國一唸數理資優班開始一直到研究所，身邊的同學以男性為絕大多數。開黃腔、爆粗口這類事情我早就習以為常，見怪不怪；但我自己倒是一直遵循社會對女性的刻板要求，沒敢說過一句不雅的話。實驗室夥伴們好像發現新大陸似的，一起圍了過來：

「妳什麼時候要罵，我想聽！」

什麼跟什麼啊？你們。沒看到我心情不好嗎？

「真的，罵一句看看！」派學長一本正經地說。

我破涕為笑，研究的路上有你們相伴，我真的一點都不孤單。

隔天我寫了一封長信給姜老師，說明我是因為不確定才不願意妄下結論，絕非好逸惡勞、偷工減料。並且藉機細述自己的樣品是如何被金教授沒收，導致前功盡棄。還有我越過代理商，獨力跟美國原廠周旋，甚至打聽到別的單位有類似的儀器，央求他們借我使用和研究。足夠的資料，加上我鍥而不捨地動之以情、說之以理，最後在電子郵件中以擲地有聲的一句「貴公司名聞遐邇，有口皆碑，豈能無相應之表現？」讓原廠終於承認，是儀器本身有瑕疵，而不是我操作錯誤，因此願意無條件八百里加急奉上新品。連代理商都對我甘拜下風，前來請教談判之道。

「在這些事情上，老師都沒有給予協助。」我忍不住抱怨。

「請老師多信任我一些，我亦保證『包子有肉，不在褶上』。」

姜老師大人大量，讀完信之後竟然跑來實驗室當面跟我道歉，說他不該對我如此疾言厲色，並且肯定我的努力。說起來，我還是挺幸運的。畢業後我進入職場兩年多，初次懷有身孕的時候，因為表現不夠亮眼，常常被經理罵到狗血淋頭。那一陣子我才體悟到，原來姜老師一直對我十分寬容，態度也算客氣，是我自己太玻璃心；而且，面對責難和怪罪，本就該是人生必須學習的一大課題。

吾因何故多能鄙事？

「妳不能這樣想。如果妳以後進了半導體廠當廠長，難道不應該每項製程都懂嗎？」

「老師，我需要有人支援我的黃光製程*部分。可不可以……」

「需要黃光，就去學、去做啊！」姜老師說。

「可是老師，我一開始做化學氣相沉積鍍膜，後來做電子束微

---

* 半導體製程中，利用照相的技術，定義出所需要的區塊。此製程需在黃色燈光照明區域內工作，以免感光劑全部曝光，故稱黃光製程。

影、研磨拋光和離子蝕刻、電子槍濺鍍，還做了一系列的模擬計算；其他還有電子束顯微鏡、各種量測系統等等。現在如果再做黃光，實在太多了，我時間有限，不可能什麼都做啊！」

我必須提出反駁，不然我的實驗不知道要做到哪年哪月才能結束。

「妳不能這樣想。」不然要怎麼想？

「如果妳以後進了半導體廠當廠長，難道不應該每項製程都懂嗎？」

老師都這樣說了，我只好硬著頭皮盡量什麼都做。畢業後我真進了半導體廠，但只負責數以百計的製程環節中小小的一節；至於廠長，我連他走路的樣子都沒見過呢！

依照我的理解，《西遊記》中，太上老君煉丹爐的使用方法有二：一是採集奇花異草、寶石稀礦，投于爐中煉製。若成功，取出則為延年益壽的仙丹。二是將整隻猴兒置於爐中，閉目掩耳任其鬼哭神號，若七七四十九日後猴兒尚存一息，取出，則得火眼金睛一對。我們姜老師培育博士生的哲理，類似後者。

根據理論計算，在我使用的鋯鈦酸鉛平板裡做三角形陣列的空氣圓柱，可以得到比較好的光子晶體效果。但因為電子束畫圓形相當耗時，實際的製程以正多邊形來代替。在黃光製程中，光阻分為正光阻和負光阻兩種。前者，沒有被光罩遮住的部分在感光之後，會溶解於顯影液中；後者則是無感光的部分溶解。也就是說，使用正光阻搭配某圖案陰刻的光罩，和使用負光阻搭配此圖案陽刻的光罩，感光顯影後可以得到相同的圖形。但通常正光阻的製程會使圖形邊緣更平整好看，所以正光阻較常被使用。

電子束微影的原理類似黃光製程，只是以電子束代替感光和光罩，以聚甲基丙烯酸甲酯（PMMA）作為正光阻。我最開始以正六角形代替圓形，因製程設計，要用電子束畫過正六角形以外的部分，使留下的光阻為正六角形，再進行濺鍍、去除光阻和蝕刻等製程，得到正六角形的空氣柱。我嫌這樣不夠簡單快速，突發奇想，畫三組平行線來代替。畫線而不畫面，可以讓製程的時間減少至原來的十分之一。我相信這個靈光一現必定是因為我家裡的藤椅椅面是由數種或直或斜的藤蔑交織而成，而椅面呈現出鏤空圓形的圖案；可惜這個偷吃步的成果不甚令人滿意。經過反覆測試及修改，最後的設計是正十二角形，蝕刻完成後，即成半徑264奈米，週期650奈米的空氣圓柱陣列。這樣的尺寸設計自然是由理論計算而來；為何是奈米而不是釐米呢？其實不難想到，這與我使用的雷射光波長155奈米有關。正如排球網和羽球網的網目設計，都是按照球的尺寸大小而考量。

為了讓雷射光順利進入我製作的平面光波導管，姜老師認為「工欲善其事，必先利其器」，特別允我購置一個市價九萬元的五軸平台，可以微調樣品的左右（x軸）、上下（y軸）、前後（z軸）、旋轉（ρ）、傾斜（θ），共五軸。大家看到我的新玩具都要流口水了。

尾聲

「妳有什麼非畢業不可的理由嗎？」

「上禮拜我去台積電面談，已經獲取錄用了！」

緣定今生

阿盈的物理夢碎，只好退而求其次，娶一個物理博士回家。

「我還記得妳上次教我的，加疊原理。」從馬祖東引放假回來的阿盈一邊奉上他新發現的珍饈——部隊裡的營養口糧，一邊沾沾自喜地說。

呃……你從來沒記對過。

「是『疊加』。」我糾正他：「Su-per-**po-si**-tion，清楚了嗎？」

阿盈很努力地反覆背誦：「疊加，疊加。Su-per-**sti**-tion（迷信）。」

醫學院要唸七年才畢業；如果阿盈來唸物理系，搞不好也要七年。少年時期的他希望能成為物理人，可是因為發現物理仰之彌高、鑽之彌堅，讓他不敢繼續追夢；只好退而求其次，娶一個物理博士回家。

我生日那天，阿盈客製了一對史努比娃娃送給我。其中一隻穿著手術服、戴著手術帽，很明顯是他自己；另一隻頭上繫著蝴蝶結，手上拿了這個……是什麼東西呢？

「我跟設計師說，光波導管，可是他聽不懂。」

那是當然的，不意外。

「他想既然是『管』，就拿了一支小管子，問我像不像？」

是……勉勉強強意思有到。

「可是總覺得不太對，所以我請他多加了個底座。」

底座？這個半球型的底座，插上管子，難怪我覺得在哪裡看過！

「我懂了。這隻是上班的你，負責開刀；至於這隻，是放假的你，負責通馬桶。兩隻我都很喜歡喔，你對我真好！」

阿盈三月退伍，七月開始任職於醫院，之後便是好幾年沒日沒夜的外科住院醫師工作。所以我們決定在四月春暖花開之際，把終身大事辦了，姜老師和師母也包給我們一份豐厚的禮金。若不是姜老師正好出國開會，沒能看我穿婚紗走紅毯，小忍忍學長很可能會問他：

「老師結婚第幾次以後才不緊張呢？」

阿盈和我婚後第三天，剛好是實驗室舉行例行會議的日子。

「素以去度蜜月了，今天不在。」老師想當然爾地說。

「我在啊！」我微微一笑，待會兒還要有實驗要做呢。

下次不敢了！

博士論文口試前一週姜老師出國開會，而我……

清華物理系並無規定畢業點數，只要指導教授同意，學生就能申請論文口試。博士班第六年的六月初，我的實驗和研究進行到一個段落，算是有些許的成果了。論文的撰寫、修改等等也都如期地進行。由於設計、製作及模擬計算的圖形占了許多篇幅，使得整本論文厚達126頁，是一般博士論文的兩倍，完全符合我寫報告「輸人不輸陣」的風格。想到這麼多年的耕耘，加以多少貴人的相助，終於成就了這一本論文，我不勝感激，在論文第一頁寫下：

「萬事都互相効力，叫愛神的人得益處。（《羅馬書》）」

姜老師問：「妳有什麼非畢業不可的理由嗎？」原來畢業還需要東風啊？

有的教授會把博士班學生多留幾年，因為能力強，可以幫教授多寫幾篇學術期刊論文，又可以訓練學弟妹。所以學生說要畢業離開，教授通常是捨不得的。我聽過有人要畢業的理由是要趕著結婚，或者是去服兵役，可惜這兩者都不適用於我。

「上禮拜我去台積電面談，已經獲取錄用了！」我只能想到這個。

想不到老師點點頭，恩准我安排畢業論文口試。

口試前一週姜老師出國開會，我也瞞著大家，跟社團到美加巡迴演出。返台後第三天，我和姜老師一樣，一邊調整時差一邊參加了口試。

「老師請饒了我吧！下次不敢了！」

我吐吐舌頭，在心裡小聲地說。

我旁聽過很多碩士或博士生的畢業口試，場面多半氣氛緊張，應試者也不乏被詰問到啞口無言；更有甚者，口試委員當場把論文初稿一摔，揚長而去。無怪論文口試的英文是defense，意為「防禦」；應試者好像一支單人球隊，要抵擋對方好幾個人連續的攻擊。每次實驗室有夥伴要口試，我們無論身分長幼，都會一起幫忙，為口試委員準備一些點心茶水，以求砲火可以緩和些。

可是我的口試出人意料地平靜，好像不是口試而是茶敘，而且竟然沒有被要求補充任何數據。回想起來，若不是因為我的論文太厚，口試委員根本來不及讀完，沒有太多問題可問；就是因為姜老師開場介紹時，說我和他的兩位千金小姐年齡相仿，讓大家不約而同地展現了無與倫比的父愛。

就這樣，我順利地畢業了。

此中有真意

「我，如果中了樂透，就……」

還記得當年實驗室夥伴們茶餘飯後的閒聊。

「每天搞得這麼累到底是為了什麼？」忙翻了的大家不禁感嘆。

流淚撒種的，必歡呼收割。我們引頸期盼的，就是能讓所有小小的研究資料一點一滴累積下來，成就一個豐碩的果實。

「如果我中了樂透，就不當什麼研究生了。」

中樂透、得到大筆彩金，然後狂歡作樂、恣意而為，大概是天下人共同的夢想。雖美，卻遙不可及。理工科學生完成所有學業後，可往產業界或學術界發展。進入產業界者依學歷分屬不同職級工程師，再依服務年資及工作績效升等。取得博士學位者若欲走學術路線，通常會先做兩三年的博士級研究助理（或稱博士後研究員），然後應聘研究機構的助理研究員或大專院校助理教授，再依學術成就、教學表現、服務貢獻等綜合績效升等。也有人在校時加修教育學程，畢業後實習並取得教師證，進入中小學培育兒少。但即使應聘至新竹科學園區的知名半導體廠，沒日沒夜地賣肝拚命，甚至每兩三年利用轉職來加薪，所得的收入加上員工分紅，比起樂透頭獎來說，都僅僅是滄海之一粟。

「我，如果中了樂透，就把整棟材料中心買下來，」阿毛學長得意地說：「然後聘請姜老師來主持我的私人實驗室，你們都來做我的研究員。」

哈哈，這主意極妙！應該買五箱（香？）乖乖來慶祝！

然而，還沒等到阿毛學長中樂透，材料中心就全部拆掉重建，是為今日的學習資源中心，或稱旺宏館，姜老師亦於同年退休。我們這些年的點點滴滴，歡笑與苦痛、汗水與淚水，也只能在心中回味了。

釀生活43 PE0202

我只是個研究生
——清華物理的4018個日子

作　　者　張素以
責任編輯　孟人玉
圖文排版　陳彥妏
封面設計　王嵩賀

出版策劃　釀出版
製作發行　秀威資訊科技股份有限公司
114 台北市內湖區瑞光路76巷65號1樓
電話：+886-2-2796-3638　傳真：+886-2-2796-1377
服務信箱：service@showwe.com.tw
http://www.showwe.com.tw
郵政劃撥　19563868　戶名：秀威資訊科技股份有限公司
展售門市　國家書店【松江門市】
104 台北市中山區松江路209號1樓
電話：+886-2-2518-0207　傳真：+886-2-2518-0778
網路訂購　秀威網路書店：https://store.showwe.tw
國家網路書店：https://www.govbooks.com.tw
法律顧問　毛國樑　律師
總 經 銷　聯合發行股份有限公司
231新北市新店區寶橋路235巷6弄6號4F
電話：+886-2-2917-8022　傳真：+886-2-2915-6275

出版日期　2023年7月　BOD一版
定　　價　300元

讀者回函卡

Printed in Taiwan

國家圖書館出版品預行編目

我只是個研究生：清華物理的4018個日子/張素以著.
-- 一版. -- 臺北市 : 釀出版, 2023.07
面；　公分. -- (釀生活 ; 43)
BOD版
ISBN 978-986-445-816-5(平裝)

863.55　　112006950